silence, on irradie

W0214963

Collection animée par Soazig Le Bail.

© ÉDITIONS THIERRY MAGNIER, 2009
ISBN 978-2-84420-772-2

Loi n° 49-956 du 16 juillet 1949 sur les publications destinées à la jeunesse
Maquette : Bärbel Müllbacher

silence, on irradie

Christophe Léon

Roman

Illustration de couverture
de Claude Cachin

EDITIONS
THIERRY
MAGNIER

Christophe Léon est né en 1959. Enfance tropézienne. Puis et dans l'ordre : études aux Beaux-Arts, joueur professionnel de tennis, appareilleur en orthopédie, gérant de sociétés, « artiste » peintre et, enfin, depuis 2002, il se consacre à l'écriture. Il vit aujourd'hui en Dordogne.

En littérature adulte

Tu t'appelles Amandine Keddha, éd. du Rouergue (coll. La Brune), 2002.

Palavas la Blanche, éd. du Rouergue (coll. La Brune), 2003.

Journal d'un étudiant japonais, éd. Le Serpent à plumes, 2007.

Beaux-Arts, éd. Le Somnambule équivoque (coll. Fulgurance), 2008.

Écoloco, une alter-friction, éd. Le Somnambule équivoque (coll. Dérapages), 2008.

Noces d'airain, éd. Arhens, 2008.

Écran plat, éd. du Somnambule équivoque, (coll. Dérapages), 2009.

Mi-figue mi-raisin, éd. La joie de lire, 2009.

Je suis Richard Brautigan, éd du Somnambule équivoque (coll. Short Stories), 2009.

En littérature jeunesse

Longtemps, éd. L'École des loisirs, 2006.

Nénuphar Grigrimaldit, éd. Alice Jeunesse, 2007.

Pas demain la veille, éd. Thierry Magnier, 2007.

Lilas doit pleurer et les moustiques piquer, éd. Oskar Jeunesse, 2007.

Grand-Père, éd. Oskar Jeunesse, 2008.

La guerre au bout du couloir, éd. Thierry Magnier, 2008.

Dans l'enfer de Dante, éd. La joie de lire, 2009.

Théâtre

Quatre jours dans la vie de Thorpe, mis en scène en 2007 par la Compagnie des Amateurs.

Site Internet : www.christophe-leon.fr

À Ellize et Arno.

Des forêts de résineux… De grandes prairies verdoyantes… Depuis l'incident, des périmètres ont été déterminés tout autour du site. Un premier, dont les limites s'étirent sur une centaine de kilomètres, est interdit aux habitations – toutefois un nombre important de personnes y vivent encore. La zone interdite s'étend sur une circonférence de vingt kilomètres autour de la centrale nucléaire. Les axes routiers et les chemins sont gardés par des hommes en armes accompagnés de molosses. Une sente longe le périmètre. On peut apercevoir de l'extérieur une clôture barbelée sur des poteaux en béton de deux mètres vingt de haut, ensuite une piste, puis un fossé et encore des clôtures. Enfin, une trouée large d'une vingtaine de mètres.

Le lac artificiel bordé de sapins à l'odeur camphrée de résine présentait une superficie de vingt-deux kilomètres carrés. Il était situé sur les rives d'un affluent de la Tnierp, fleuve qui traversait le pays de part en part. Il y circulait des péniches nomades, la poupe hautaine tatouée d'un patronyme idiot et numéroté – du genre *Nouchka 3*. Sven se baignait nu dans le lac. Ses parents ignoraient qu'il s'y rendait chaque semaine, le vendredi, après la fin des cours.

Au fil des semaines, Sven prenait de l'assurance et s'écartait du rivage. Il prenait plaisir à disparaître sous l'eau, à l'aplomb de la surface. La tête la première, yeux hermétiquement clos, narines pincées, il tentait de descendre aussi profondément que lui permettait la capacité de ses poumons. Sven comptait les secondes passées en apnée, respectant le même intervalle entre chacune, en ajoutant une si nécessaire pour battre son précédent record. Ainsi, il pouvait se faire une idée précise de sa performance.

Jamais personne ne venait tremper sa couenne par ici. Le long du chemin tortueux et envahi par les mauvaises herbes qui menait au lac, des panneaux dissuadaient les randonneurs. Une tête de mort, entourée d'un cercle rouge, avait de quoi effrayer les audacieux. Les autres abandonnaient avant même d'avoir commencé.

*

Un vendredi.

Sven était en tenue d'Adam malgré la froideur ambiante. Le mois d'avril touchait à sa fin. La température extérieure ne dépassait pas les quatorze degrés. Celle du lac vingt et un. Une couche épaisse de vapeur ondulait à sa surface. Sven s'éloigna de la grève. Il pouvait apercevoir, derrière la cime conique des arbres, les quatre cheminées des réacteurs et, un peu à l'écart, les deux autres en construction. C'était la première fois qu'il distinguait clairement les bouches en ogive des édifices. Sven glissa ses bras croisés sous sa nuque afin de mieux jouir du spectacle. Cette position trop décontractée le déséquilibra. Il tenta de se retenir à la surface de l'eau. Évidemment, elle n'offrit aucune résistance. Sven but la tasse, la soucoupe et la petite cuillère. Il se remit péniblement d'aplomb – bien à plat sur le dos.

Des échafaudages entouraient les deux bâtiments en construction. L'ensemble ressemblait à un jeu de mikado en équilibre. Des quatre cheminées en fonction s'échappait un panache compact de fumée laiteuse. Le ciel, d'un bleu marmoréen, absorbait la déjection opaline des cheminées avant de la dissoudre dans l'immensité céleste.

Sven crawla à fond les manettes, toutes voiles larguées, dans cette eau chauffée par la centrale nucléaire qu'on appelait familièrement la *Centrale*. Il testa son endurance. Il fit à nouveau la planche dès qu'il sentit naître la crampe. Sur le dos, les bras en croix, Sven était le maître de l'espace. Il y flottait, faisant se rejoindre les deux mondes en un seul. Une vaguelette venait parfois s'infiltrer entre ses lèvres, ou lui boucher une oreille, ou lui remplir une narine ou lui rappeler le goût du boudin cru. Sven ne se laissait pas distraire. Il restait, contre vague et charcuterie, le maître de l'espace.

On lui avait expliqué à l'école, puis au collège, que les eaux du lac refroidissaient les réacteurs de la Centrale. Elles filaient à travers un jeu complexe de tuyaux en direction de ce que les gens nommaient le *Cœur*, sans trop savoir de quoi il s'agissait. Certains parlaient de *centre névralgique*, d'autres de *névralgie centrale* et d'autres encore, moins au fait des sciences et des techniques de pointe, de *centralgie*, mot inventé de toute pièce et qui en jetait des tonnes. Par capillarité ces tuyaux devenaient eux-mêmes brûlants. La chaleur remontait jusqu'au lac. Les eaux usées, elles, étaient traitées dans une usine en aval. Sven ne se posait pas la question de savoir par quel miracle de simples tuyaux réussissaient à réchauffer toute cette étendue liquide.

*

Sven habitait avec ses parents le village le plus proche du lac, à environ trois kilomètres en amont. Un gros bourg qui avait enflé sous l'effet d'une démographie galopante. Les progrès de la médecine n'y étaient pas pour rien. Le village était connu pour sa main-d'œuvre bon marché et le nombre croissant de ses naissances d'enfants qu'on appelait, hypocritement, *différents*. Ces différences allaient de la malformation physique au handicap cérébral. Mais Sven, à son âge, n'en avait pas conscience. Son père était employé par la Centrale. Il s'occupait de maçonnerie et de plomberie. À l'occasion, il prêtait main-forte aux équipes d'entretien. C'était un homme bon.

La mère de Sven travaillait à la cantine de la Centrale. Elle organisait le service du midi et servait à table. Femme charpentée, large de bassin et d'esprit, elle enseignait autour d'elle la gentillesse et la philanthropie. Son seul défaut était de trop aimer ses enfants.

Sven avait une petite sœur, Siloé, âgée de cinq ans et des poussières de mois. Blonde, menue et ravissante, Siloé faisait de l'ombre à son frère dans le cœur de ses parents. Elle accaparait les regards et les attentions. Diamant parmi les diamants, Siloé brillait sous toutes ses facettes.

Même si Sven avait quatorze ans et en paraissait à peine douze, il ne laissait pas ses copains lui marcher sur les pieds. Par obligation, pensait-il, il devait être dur à cuire et coriace à avaler. Si les bagarres lui pochaient les yeux, elles lui raffermissaient la volonté. Au cours du change, un gnon valait une once de notoriété supplémentaire, une beigne sur le coin du museau un laissez-passer à la frontière entre l'adolescence et l'âge adulte.

Siloé avait, en quelque sorte, aidé Sven à grandir. Loin de lui en être reconnaissant, son frère lui en voulait. Il ne lui pardonnait pas l'abandon volontaire de ses peluches, la relégation de son train miniature, la relégation des voitures de course dans une malle au grenier. Sven était devenu un garçon moins câlin, davantage enclin à la solitude et à la réflexion, ce qui n'interdisait pas les bêtises. Comme d'aller nager dans le lac malgré l'interdiction formelle des autorités et, s'ils l'avaient appris, de ses parents.

*

La grande ville, Nardyl, se situait à une trentaine de kilomètres du village de Sven. On la disait grande parce que lointaine. Par un effet saisissant de loupe magique, plus la ville était éloignée plus on l'imaginait grande. Le moindre hameau situé à des milliers de kilomètres se muait instantanément en mégapole, un lieu-dit devenait une métropole, une cabane un palace, une crotte de mouche un caca de dinosaure.

Sven avait eu rarement l'opportunité d'y aller. La dernière fois, il s'y était rendu pour une visite chez le médecin. Sa mère l'accompagnait. Mais ça, il ne le dirait à personne. Dans le train qui les menait à Nardyl, Sven avait passé la majeure partie de son temps le front collé à la fenêtre, regardant le paysage défiler sous ses yeux. Une marque graisseuse huilait la vitre. Sven glissait parfois et devait reprendre sa position. Il finit par ne plus savoir si c'était la vitre qui soutenait son front ou l'inverse. Plus ils se rapprochaient de la ville, plus les forêts cédaient la place à de petits groupes de maisons tapies les unes contre les autres. De petits paquets tirés au cordeau, seulement dénombrables par les cheminées qui fumaient sur les toits.

En ouvrant la bouche, Sven avalait les animaux, les voitures et les gens. Le jeu consistait à en gober le plus possible jusqu'à ce qu'une sensation d'écœurement virtuelle vous donne la nausée, véritable celle-ci, mais due au roulis lancinant du wagon. Les champs s'étendaient à l'horizon, toujours plus vastes, à perte de vue. Des paysans sur leur tracteur rouge traçaient des sillons rectilignes dans la terre grasse. Chaque griffe était une scarification, et toutes se rejoignaient à l'infini.

La mère de Sven s'était décidée à prendre une journée de congé parce que son fils avait brutalement perdu – en une nuit – tous ses cheveux. Un matin, disposées en touffes éparses, de pleines poignées constellaient son oreiller. Une idée saugrenue lui était alors venue à l'esprit à la manière d'une vesse-de-loup qui en une nuit montre sa fesse blanche et lisse dans le pré. Il avait caressé son crâne du plat de la main – une vraie coquille d'œuf. Un saut jusqu'à la glace de la salle d'eau, et Sven avait pu contempler à loisir la plus belle tête de couillon de la région – oui, mais… de couillon chauve. Loin de l'effrayer, cette perte capillaire l'amusa. D'autant qu'il ne souffrait pas. Se retrouver déplumé, de la tête aux pieds, comme il aimait à blaguer, lui conférait un air adulte qui ne lui déplaisait pas et fit sensation dans la cour du collège.

*

Yougor Sidaref était spécialisé en dermatologie – la science de la peau qui pèle et du bouton blanc qui fleurit sur la pointe du nez. Il s'était installé dans cette région pour les perspectives d'avenir et de carrière qui étaient excellentes. Aucune personne saine d'esprit et aimant regarder les matchs de foot à la télé le samedi soir ne se serait sans cela, *la perspective*, exilée dans ce coin perdu du monde et du pays en particulier. On ne partait pas de Nardyl meilleur, mais on en partait une *perspective* en relief sur son *curriculum vitae* professionnel.

Yougor travaillait le matin à l'hôpital général. Vénérable bâtisse du moyen âge industriel que fardait une couche de peinture neuve en guise de cache-misère. Les après-midi, Yougor recevait en consultation dans un petit bureau mis à sa disposition dans un ancien dispensaire réaffecté, dans l'aile sud de l'hôpital. Âgé de vingt-huit ans, Yougor était célibataire. Son physique, un tantinet étriqué, n'en imposait pas vraiment. Mais, fils unique, il avait souhaité faire honneur à ses parents dès le début de ses études. Il y était parvenu en obtenant son diplôme de médecin et plus tard sa spécialité. Il habitait un studio en centre-ville. En réalité, il ne faisait qu'y dormir. La majeure partie de son temps, il la passait à l'hôpital ou dans son cabinet, en auscultations et réunions de travail. Yougor aimait son métier. Il aimait soigner, mais par-dessus tout établir un diagnostic, trouver la cause d'une maladie et en déduire son traitement. Il se considérait comme une espèce de détective spécialisé dans les affaires du corps – un docteur Holmes moderne. La chasse aux virus, la traque aux microbes, la filature des mycoses, la découverte d'anthrax étaient pour lui davantage un jeu de stratégie que la simple application de ses connaissances médicales. Yougor rêvait de laisser un jour son nom à une maladie comme d'autres rêvent de faire fortune.

*

Les cas tels que celui de Sven étaient fréquents. Yougor en voyait au moins un par semaine. Il en connaissait la cause et la fréquence. Il pouvait réconforter les familles et leur assurer que les cheveux des patients atteints allaient repousser au bout de quelques mois. Ces pathologies étaient inhérentes au lieu. Elles se reproduisaient partout à proximité des centrales réparties à travers le pays.

La direction de l'hôpital, suivant en cela les consignes des autorités, demandait aux médecins de ne pas affoler les patients mais plutôt de les rassurer afin de ne pas créer une situation de panique.

Sven avait la particularité d'avoir perdu en une seule nuit ses cheveux, ce qui ne manqua pas d'intriguer Yougor et de réveiller le détective qui sommeillait en lui.

Dis-moi un peu, Sven, qu'as-tu fait ces derniers temps de… de, disons, différent… demanda Yougor. Différent comment ? interrogea Sven. Je veux dire, que tu n'avais pas l'habitude de faire ou alors que tu fais depuis un certain temps et de façon fréquente mais sans y penser plus que ça par exemple, compléta le médecin.

Sven comprenait bien le sens de la question. Il appréciait ce jeune docteur barbichu – un bouc effilé piquetait l'espace juste devant son menton. Sidaref était différent du vieux Nordoï, le médecin du village qui passait ses soirées à s'imbiber d'alcool et à chanter de vieilles chansons enfouies dans sa mémoire ivre – en principe vulgaires, mais parfois nostalgiques. Sven savait qu'il aurait dû parler du lac. Des semaines durant lesquelles il s'y était baigné et continuait d'ailleurs de se baigner. Confusément, il pressentait qu'une relation étroite liait ses cheveux et les eaux chaudes du lac. Une histoire de cause à effet dont il ne maîtrisait pas bien le mécanisme. Si sa mère n'avait pas été présente et si la crainte de se faire enguirlander ne l'en avait pas empêché, il aurait avoué son secret au médecin. Il se serait confié à lui sans restriction. Mais sa mère attendait, comme Yougor, qu'il parle.

Rien ne venait à l'esprit de Sven pour combler le silence. Muet, il baissait les yeux sur ses chaussures, y cherchant un réconfort qu'il ne trouvait pas. Il s'abîma un instant dans l'entrelacs de ses lacets, remonta jusqu'à un œillet et soupira. Rien, alors… insista Yougor qui ne voulait pas brusquer le jeune garçon. Rien, répondit Sven en inclinant la tête afin de dissimuler la rougeur qui lui montait au visage. La mère de Sven haussa les épaules. Depuis que le docteur lui avait prédit que les cheveux de son fils repousseraient, elle n'avait qu'une hâte : ne pas louper le prochain train et rentrer au village dare-dare. Siloé, qu'une nounou gardait dans la journée, serait ravie de la voir revenir plus tôt.

Donc, si je comprends bien, jeune homme, tu n'as pas changé tes habitudes, tu n'as rien fait de remarquable et un matin tes cheveux sont tombés d'eux-mêmes, comme épris d'une soudaine liberté ? reprit doucement Yougor. Sven sentit derrière la douceur du médecin son agacement et l'ironie qu'il cachait sous des dehors affables. Il secoua la tête et souffla une réponse négative qui se perdit dans le feu de sa confusion. Yougor retourna à sa table, circonspect et déçu par le manque de coopération de Sven.

*

Sven pratiquait plus volontiers la brasse, plus précisément la brasse coulée. Cette nage, faite de souplesse et de fluidité, lui permettait de profiter pleinement de l'eau qui, dans une même étreinte, chatouillait et caressait sa peau. Il glissait en rythme dans l'onde. Chef d'orchestre, il réglait sa cadence sur le bourdonnement que l'eau, en les remplissant, engendrait dans ses oreilles. Sven soulevait sa tête à la fin de chaque mouvement. Il respirait à pleins poumons l'air frais en suspension dans la vapeur opalescente qui nappait d'une couche vaporeuse la surface du lac. Il se dirigeait vers la berge, à l'endroit où une pierre plate protégeait ses habits et où le sable, d'abord gris foncé et mouillé, s'effilait en séchant pour devenir clair et miroitant.

Le soir ne tarderait pas à tomber. En avril, dans cette région, la lumière cédait sans transition la place à l'obscurité, ne laissant pas à l'imprudent le temps de s'y habituer. Déjà les arbres de la forêt étiraient leurs ombres pour en dérouler le tapis sombre, qui se diluait jusqu'à noircir la terre d'une marque indélébile. Sven sortit de l'eau. Il frémit au contact de l'air froid. Des gouttelettes suintaient de ses cheveux. Ceux-ci avaient fini par repousser, peut-être pas aussi drus et aussi fournis qu'autrefois, mais par repousser quand même. Au collège on l'avait successivement appelé crâne d'œuf, brosse à cabinets, oursin *ratamolo*, tête de nègre et tout récemment, tifs d'escargot.

Sven coinça sa chemise dans son pantalon. Il s'assit sur la pierre afin d'enfiler ses chaussettes – la gauche était trouée – et de mettre ses chaussures d'une demi-pointure trop petite.

Il ne restait à Sven que vingt minutes pour rentrer chez lui avant le retour de ses parents. Il devait, cela faisait partie de ses attributions, préparer la table et, depuis peu, aller chercher Siloé chez la voisine. Cette dernière obligation, il la détestait de tout son cœur. Elle lui donnait l'impression d'être au service de sa sœur, son domestique en quelque sorte. Chose qu'il avalait difficilement – et de travers.

*

Siloé aimait sa nourrice.

Agreda était une femme d'un certain âge. Son énorme popotin retroussait le bas de ses jupes. Un réseau autoroutier de veines variqueuses sillonnait ses mollets qu'elle avait poilus. Agreda était une vieille femme à l'esprit leste. Elle taquinait volontiers et s'emportait tout aussi aisément. Elle avait mis au monde une ribambelle d'enfants, maintenant tous grands et partis vivre leur vie ailleurs. Le mari d'Agreda, Antin, qu'elle surnommait affectueusement *Tinetine*, était mort accidentellement à la Centrale. Cela s'était passé dix ans plus tôt.

Antin avait été victime de la surchauffe d'un des réacteurs. Un incident qui relevait pourtant de la routine. Chargé de colmater les brèches qui apparaissaient à intervalles réguliers, Antin s'était spécialisé dans l'intervention au sein même de ce qu'on appelait la *Cocotte-minute.* Cette sorte de grande marmite isolante contenait en son sein une quantité non négligeable de matières dangereuses, dites fissibles par les ingénieurs omniscients. Une dernière fois, Antin avait pénétré à l'intérieur pour colmater une fissure détectée par des capteurs. Des outils si précis qu'ils tombaient en panne à la moindre occasion, illuminant la salle des commandes d'une myriade de loupiotes multicolores. Ce jour-là, Antin venait de prendre possession d'un nouveau matériel de haute précision qu'il étrennait. Son collègue, plus souvent soûl qu'à son tour, avait déjà bu une quantité importante d'eau-de-vie – un tord-boyaux à base de pommes de terre, de noyaux de prunes, de glycol, de sucre à volonté et autres substances aussi indéfinies que douteuses. Il avait, par mégarde, relâché une manette qui avait entraîné un engrenage qui avait appuyé sur un *bitoniau* qui avait relâché la pression des vérins qui retenaient l'ensemble en position ouverte. Le couvercle de la *Cocotte-minute* était retombé sur Antin, le coupant du monde des vivants à tout jamais. On avait dégagé *Tinetine* dix minutes plus tard, cuit à point, un regard de stupéfaction encore gravé sur son visage qui ressemblait à du chiffon bouilli.

Agreda eut droit à des condoléances sincères mais néanmoins sommaires des responsables de la Centrale. Puis on passa à autre chose, la laissant seule, confite dans son chagrin et, surtout, sans revenus. Pour cette raison, et aussi parce qu'elle s'ennuyait ferme, Agreda accepta de prendre en garde Siloé pendant que ses parents travaillaient et que Sven était à l'école.

Siloé apprit au contact d'Agreda une quantité de comptines que son jeune et immature esprit conservait en mémoire pour les restituer le soir, à table à la maison, légèrement modifiées, sous le regard émerveillé de ses parents conquis d'avance. Et celui plus soupçonneux de Sven. Du haut de ses cinq ans et huit mois, Siloé se méfiait de son grand frère comme du zeste des oranges qu'il lui avait un jour pressé dans l'œil. En présence d'adultes, elle avait compris qu'elle ne risquait rien. C'était seulement quand ils se retrouvaient seuls que le danger la menaçait.

Siloé avait connu la frayeur de sa vie quand, un matin, Sven était entré dans la pièce commune, la boule à zéro, plus un cheveu sur le caillou, aussi lisse qu'une peau de banane. Il l'avait toisée d'un air menaçant et produit une grimace, mais une grimace… Une grimace puissance dix, avec les dents en rang d'oignons, les lèvres retroussées, les veines du cou saillantes et, dans les yeux, le regard d'un dément constipé.

Et puis, il y avait ces moments de tendresse durant lesquels Siloé charmait son frère à force de minauderies et de bisous, de câlins et de roucoulades. Elle l'entortillait dans la guimauve de sa gentillesse. Le roulait dans la farine de sa douceur. Si bien que Sven fondait, se répandait en risettes puériles. Il cédait à ce qu'il considérait, une fois libéré de l'envoûtement, d'une mièvrerie stupide. La journée entière, il s'en voulait de s'être laissé attendrir, se reprochant son cœur d'artichaut ramolli.

*

Sven connaissait mieux le terrain que le fond de sa poche. Ce n'était pas la première fois que la nuit d'avril le surprenait et qu'il rentrait chez lui dans l'obscurité quasi complète. Son instinct l'aidait. Un troisième œil, non pas au milieu du front mais au bout de ses pieds, le guidait à travers un lacis d'ombres changeantes et de pièges.

À la nuit tombée, la forêt s'animait de bruits inquiétants qui laissaient Sven de marbre. À part les loups, qui en de rares occasions descendaient des montagnes festoyer d'une brebis ou deux, Sven ne craignait pas les mauvaises rencontres. Il marchait d'un bon pas, évitant les écueils, empruntant un raccourci pour ne pas être en retard. Il pensait à Siloé, à la corvée de devoir la récupérer chez Agreda. Il exécrait le moment terrifiant où la nourrice, la gelée de ses joues agitée d'une houle gourmande, venait l'embrasser.

Ah ! Mon petit Sven ! tonnait-elle. Elle saisissait ses épaules entre les battoirs de ses mains souvent enfarinées ou bien graisseuses de saindoux. Elle approchait les escalopes de ses lèvres luisantes et le bisoutait allègrement, comme si elle ne l'avait pas vu depuis dix ans.

Sven s'inquiétait pour ses parents. Il les voyait vieillir chaque jour davantage. La Centrale les consumait à petit feu. Même sa mère, qui pourtant travaillait dans un bâtiment annexe, avait pris au fil des années cet aspect terreux et gris des gens maladifs. Elle marchait lentement, un poids invisible appuyait sur sa tête qu'elle tenait inclinée sur le côté. Elle s'endormait le soir dans son fauteuil, les aiguilles à tricoter croisées sur son ouvrage, une maille à l'endroit une maille à l'envers. Elle était sujette à des maux de tête fréquents qui la paralysaient. Et, surtout, elle perdait ses dents d'une manière étrange pour quelqu'un de son âge. La dernière, en croquant dans une pomme. L'incisive était restée fichée dans la chair du fruit, totalement incongrue à cet endroit. Sven avait observé, incrédule, sa mère porter une main à sa bouche, se frotter la joue avant de cracher un jet de salive rouge sombre. Elle lui avait tendu la pomme, d'un geste qui n'admettait pas le refus, avant de se précipiter dans la salle d'eau. La perte de ses cheveux n'avait pas causé à Sven un trouble aussi grand que l'incisive de sa mère plantée dans cette pomme.

Le père, quant à lui, devenait simplement un peu plus soupe au lait. Des accès de rage le laissaient exsangue, avachi dans son fauteuil, un peu de bave séchée à la commissure des lèvres. Il y avait aussi les taches sombres. Elles germaient sur sa peau, surtout sur ses bras et ses jambes. Sortes de grains de beauté, mais plus étendus, elles parsemaient ses membres de marques brunâtres qui s'enflammaient de temps en temps et viraient alors au marron foncé. Elles le démangeaient au point de le rendre dingue, et il se grattait des heures durant.

Sven, distrait par ses pensées, sentit son pied se dérober sous lui. Son genou droit fléchit. Son corps se porta vers l'avant. Il s'affaissa mollement, presque au ralenti. Il battit des bras mais n'eut pas le réflexe de se retenir à une branche. Il s'affala de tout son long dans un bruit de sac de patates. À la différence près qu'il n'était pas tombé par terre mais dans une espèce de trou noir d'où il pouvait apercevoir, en levant les yeux, le point de sortie, délimité en ombre chinoise par de l'humus haché et des branchages éparpillés.

La première idée qui vint à l'esprit de Sven fut : Je vais être en retard.

*

Agreda préparait des champignons en sauce aigre-douce. Siloé jouait à décaniller des toiles d'araignées avec un pique-feu. Come elle était très dégourdie pour son âge, Agreda lui permettait le maniement du tisonnier. Mais ce soir-là, sans le vouloir, Siloé transperça le fauteuil défraîchi du défunt mari d'Agreda. Un fauteuil, presque une icône, auquel elle associait son souvenir. Siloé s'évertuait à dégager le tisonnier du fauteuil quand Agreda s'aperçut de la bêtise de la fillette. La nourrice poussa une plainte déchirante avant d'empoigner Siloé par un bras. Elle l'accompagna *manu militari* à la cave.

Agreda, après être remontée de la cave, vérifia les dégâts sur le fauteuil Puis, elle s'effondra en larmes. La nourrice regrettait déjà son accès d'humeur. Elle jeta un regard désespéré vers le fauteuil en cause. Elle fit un mouvement pour revenir sur ses pas et aller chercher la pauvre gamine qui ne méritait pas un tel traitement. Un drôle de bruit, un ronflement sourd et lointain, la surprit dans son intention.

*

Sven venait d'être happé dans une de ces galeries que les gens de la région avaient creusées des années auparavant dans le but de cultiver des champignons. Ces champignonnières trouyautaient les bois et rendaient les sols friables. L'accident dont avait été victime Sven n'était pas isolé. Une année plus tôt, une classe entière, qui profitait d'une sortie printanière, ainsi que la maîtresse, avait été engloutie dans une de ces veines sauvages, entraînant fractures et contusions multiples.

Sven poussa un cri aigu, non pas pour appeler à l'aide mais pour libérer ses nerfs mis à rude épreuve. Sa voix se perdit dans la nuit. Il se mit debout. Il tendit le bras afin d'évaluer la distance qui le séparait de la sortie. Il sauta, tentant d'atteindre l'ouverture trois mètres plus haut – en vain. À de nombreuses reprises, Sven essaya de grimper le long de la paroi, retombant sans cesse sur ses fesses. Ce ne fut qu'après l'énième tentative qu'il eut peur de ne jamais y parvenir. On ne me retrouvera pas, murmura-t-il. Puis, il hurla aussi fort qu'il le pouvait. Il appela au secours jusqu'à ce que sa voix se casse et ressemble au jappement rauque d'un chiot affamé. Vaincu, il se laissa aller et pleura.

Son nez coulait. Il renifla. Il essuyait d'un revers de manche la chandelle qui dévalait de sa lèvre supérieure quand une lointaine explosion se produisit. Le sol se souleva sous ses pieds. Trente secondes à peine s'étaient écoulées. Sven eut l'impression qu'un ouragan arrachait tout sur son passage. De l'eau pénétra à l'intérieur de son trou, chargée de vase, de branches, de feuilles et de petits rongeurs morts.

*

Yougor Sidaref, le dermatologue de l'hôpital de Nardyl, était rentré tôt de ses consultations. Une fois n'était pas coutume. Fatigué, il avait réussi à reporter ses deux derniers rendez-vous pour le lendemain – une veuve pustuleuse et un comptable développant une mycose mal placée. Il referma la porte de son studio derrière lui. Il retira sa veste sous laquelle sa blouse blanche, avec son nom brodé sur la pochette, bâillait. Il la pendit au crochet sur sa droite et, par-dessus, la blouse qu'il secoua afin de la faire rentrer dans ses plis.

Yougor fit couler l'eau chaude dans le lavabo. Il lui servait aussi d'évier pour la vaisselle, de bidet pour se nettoyer les pieds et, à l'occasion, de bac à cheveux pour les shampooings. Quand il obtint la température souhaitée, il s'aspergea le visage. Il s'essuya minutieusement et se recoiffa. Puis, il alla allumer la télévision.

La télévision était son unique compagne. Chatte docile qui ne perdait pas ses poils en été, elle ronronnait dans son coin quand il vaquait à ses occupations. Il ne l'écoutait pas toujours, mais son bourdonnement le berçait. Elle lui rendait la vie moins solitaire. Lui donnait le sentiment d'exister.

Récemment, Yougor avait fait la connaissance d'une institutrice. Une jeune femme gracile et souriante avec laquelle il avait sympathisé. Il la rencontrait le matin sur le chemin de l'hôpital, à l'arrêt du bus qu'elle prenait pour se rendre à l'école où elle enseignait à des enfants de onze et douze ans. Elle était jeune. Il y avait dans son allure un *il-ne-savait-quoi* qui l'avait immédiatement séduit, mais aussi intimidé. Ce fut à l'hôpital, quand elle amena un de ses élèves éclopé, qu'ils échangèrent leurs premiers mots. Le contact établi, le courant passa aussitôt.

Yougor, tout en mastiquant une sardine, se rappela qu'elle lui avait dit, ce matin-là, qu'elle partait visiter avec ses élèves la Centrale et qu'elle rentrerait dans la soirée. Ils s'étaient salués et promis de trouver un moment pour se voir et, pourquoi pas, dîner ensemble. L'institutrice était montée dans le car. Yougor l'avait regardée s'éloigner.

Yougor regardait la télé sans vraiment la voir, l'esprit ailleurs. Il songeait à l'institutrice. À la possibilité d'entamer une relation suivie avec elle. À son inexpérience avec les jeunes femmes. À son travail absorbant, qui dévorait tout son temps. Son regard fut attiré par le journaliste qui présentait le journal télévisé du soir. Il vit s'incruster en arrière-plan des images d'hommes bizarrement caparaçonnés de vêtements blancs. Des masques leur donnaient l'air de mouches humaines s'agitant dans tous les sens. Il se leva et alla augmenter le son. Il resta debout devant l'écran à écouter la voix neutre du journaliste.

… l'incident s'est produit à dix-sept heures trente-deux à la Centrale. Un incident de moindre gravité que nos équipes ont dès le début maîtrisé. Il semblerait qu'un phénomène naturel, du type d'un tremblement de terre, ait occasionné quelques dégâts sans importance. Dans tous les cas, les autorités vous demandent de ne pas sortir de chez vous, ni d'entraver les secours qui partent en ce moment même de Nardyl vers la Centrale. La situation est sous contrôle, il n'y a pas lieu de…

Yougor pensa à l'institutrice. Aux enfants qui visitaient la Centrale cet après-midi-là. Puis, à son devoir. S'il y avait des blessés, certains, les plus graves, seraient acheminés en urgence vers l'hôpital de Nardyl. Il devait immédiatement rejoindre son poste. Il se précipita sur son manteau. Oubliant d'enfiler sa blouse, il dévala les escaliers quatre à quatre.

Une fois dans la rue, Yougor courut. En chemin, il pensa au nombre croissant de maladies de la peau qu'il traitait. Aux cancers qui avaient triplé depuis un an et que les statistiques officielles masquaient sous d'autres appellations. Il se remémora ce jeune garçon – comment s'appelait-il déjà ? il en voyait tellement – qui avait perdu en une nuit tous ses cheveux. En passant au galop devant l'arrêt de bus, il revit l'image de l'institutrice. Elle lui souriait et lui disait : À demain.

Arrivé à l'hôpital, Yougor remarqua l'agitation qui y régnait. Ah ! te voilà ! lui dit un médecin de ses confrères qui le croisait. Viens ! Vite !

*

Siloé n'avait jamais peur dans le noir. La petite fille y trouvait de nombreux sujets de distraction que sa curiosité explorait sans relâche. Le noir, tout d'abord, n'était pas d'une qualité égale. Si l'on regardait en direction du sol, le noir s'assombrissait en s'épaississant. Il faisait alors penser à du charbon ou à de la crème au chocolat. Il devenait opaque, si bien que l'œil s'y noyait tout entier. Mais, si on levait les yeux progressivement, le noir s'estompait. Il cédait la place à une couleur intermédiaire, un mélange de brun foncé et de gris de suie. C'était dans cet espace-là que les choses s'animaient. Elles prenaient corps et se multipliaient à l'envi. Siloé possédait un sixième sens. Il lui permettait d'apercevoir des formes en mouvement là où personne ne voyait rien. Elle les baptisait d'un nom d'animal selon les contours qu'elle devinait. Tantôt oiseau, tantôt renard, tantôt ours, tantôt dragon. Elle créait sa propre ménagerie à usage personnel. Elle jouait avec comme elle aurait joué avec des peluches ou des poupées.

Non, ce qui l'émouvait dans cette cave, ce n'était ni l'obscurité ni d'être seule, mais que sa nourrice, Agreda, fût pour la première fois très en colère contre elle. Une véritable colère. Pleine de cris et de gestes brutaux que Siloé avait subis avec passivité. La brutalité avait toujours eu pour résultat de tétaniser la fillette. Siloé considérait Agreda comme une seconde mère. La nourrice avait eu, au fil des jours, davantage d'attentions pour elle. Elle s'était prise à l'aimer à l'image de ses propres enfants. Bien qu'elle gardât une certaine distance *professionnelle* quand la mère de Siloé la déposait le matin et venait la reprendre le soir. Dès qu'elles se retrouvaient toutes les deux, Agreda câlinait outrageusement sa jeune protégée. Siloé n'en revenait pas d'avoir fait enrager sa nourrice à ce point. Elle s'était assise sur le tas de rondins de bois. Elle avait ramené ses jambes sous elle. Siloé attendait que la vieille dame vienne la retrouver. Avec la pointe de ses pieds elle dessinait mécaniquement des ronds. Elle ne doutait pas qu'elles s'embrasseraient lors des retrouvailles. Des larmes jailliraient de leurs yeux. Des mots doux seraient échangés. Le cœur d'Agreda était un caramel mou qui fondait au contact de Siloé.

Le menton sur ses genoux, elle fixa le sol devant elle. Elle surprit, qui courait poursuivi par sa longue queue effilée, un rat de cave. Il était gras et lourdaud. Indifférent à la nouvelle locataire des lieux, il était bien plus préoccupé par le morceau de carotte qu'il venait de subtiliser dans un sac en toile de jute. Il le tenait entre ses mâchoires. Le museau relevé. Les oreilles basses. Siloé fut parcourue d'un frisson. Le rat disparut dans un trou du mur. Il réapparut quelques secondes plus tard. Sans carotte cette fois-ci. Il se dressa sur ses pattes de derrière puis retomba sur son séant. Il s'agita étrangement. Il ne semblait pas se décider pour une direction précise. Les fibrilles de ses moustaches vibrionnaient avec frénésie. Il allait dans un sens. Virait dans un autre. Fuyait vers une destination qu'il abandonnait aussitôt. Soudain, il grimpa sur un mur latéral de la cave, droit vers le plafond. Arrivé à mi-chemin, il retomba sur son postérieur, l'air abasourdi. Il se secoua et reprit son absurde manège. Siloé, que l'obscurité empêchait de voir nettement, discernait plus ou moins le rat frappadingue, secoué d'une danse de Saint-Guy. Elle s'en amusa. Elle trouvait son manège original. Son intérêt en fut accru. Elle battit des mains pour le féliciter quand le rat, sujet à une aussi folle que subite inspiration, se jeta la tête la première dans le râtelier à bouteilles, les faisant tinter gaiement. Un flacon tomba. Il se brisa sur le sol. Le rat s'enfuit en quatrième vitesse sous la cage d'escalier et disparut.

Au même moment, la porte de la cave s'ouvrit. La silhouette massive d'Agreda s'inscrivit dans l'encadrement. La lumière dans son dos l'éclairait à contre-jour. La nourrice prenait une dimension inquiétante, telle qu'elle était, debout les jambes écartées, les mains sur les hanches. Son corps obstruait la sortie. Son ombre projetée dévalait en accordéon les degrés de l'escalier. Siloé ! cria Agreda. La fillette voulut répondre, mais elle trouva plus amusant de la faire bisquer. Après tout, Agreda devait se sentir honteuse du traitement qu'elle lui avait infligé. Elle méritait bien une petite leçon sans conséquence. Siloé se raidit. Elle retint sa respiration et se fondit dans l'obscurité, attentive à ne pas faire de bruit. Siloé ! Monte ! Monte vite ! Pour l'amour… Agreda n'eut pas le temps d'achever sa phrase. Elle disparut comme par enchantement. Elle était là. Elle n'y était plus. Aussi simplement que ça.

La lumière à travers la porte restée ouverte fut parcourue d'éclairs époustouflants. Des étincelles crépitaient dans l'air. Des bruits de meubles renversés suivis d'un incroyable déchirement vrillèrent les tympans de Siloé. Elle se boucha les oreilles. Elle ferma les yeux si forts que son visage prit l'aspect d'une pomme blette. Quand elle les rouvrit, il n'y avait plus d'encadrement de porte. L'escalier, qui donnait accès à la salle à manger, n'ouvrait plus que sur un amas de bois brisé et de ferraille tordue. À travers, filtrait la lumière laiteuse d'un clair de lune. On aurait pu penser que la maison s'était évaporée. La cave semblait flotter en plein ciel, à faible distance de l'astre lunaire. Les bouteilles du râtelier étaient tombées. Elles s'étaient fracassées sur le sol. Elles avaient répandu leur contenu qui formait quantité de petites flaques aux reflets moirés. Siloé sentait nettement les parfums entêtants et mêlés de l'alcool, de l'huile de maïs et de l'essence de térébenthine que la vieille Agreda conservait à la cave. Elle éternua. Elle se frotta le nez, l'écrasant avec la paume de sa main pour dissiper l'irritation. Siloé inspecta l'espace chamboulé autour d'elle. Ce qui tout à l'heure lui était familier ne l'était plus. Un embrouillamini succédait à l'ordre et au rangement. Que va dire Agreda ? songea Siloé.

Elle se leva brusquement, sans prendre de précautions. Elle glissa sur les rondins de bois et dégringola tel un pantin démantibulé. Elle atterrit sur ses genoux qui se couronnèrent et se mirent à saigner. Siloé se releva, grimaçant de douleur. Une tige métallique avait entaillé sa cheville. Elle émit un petit cri aigu qui la surprit. De la poussière voletait autour d'elle. L'escalier, qui avait tenu bon jusque-là, s'effondra d'un bloc sur lui-même. Il entraîna dans sa chute une multitude de planches et de gravats. Ces derniers obturèrent presque totalement l'ouverture.

Un inquiétant silence succéda au fracas.

*

La visite avait pris du retard et l'on s'activait en tout sens. L'institutrice criait aux enfants de se dépêcher : Allez ! Allez ! Ne traînez pas ! Elle en poussait certains dans le dos. Tirait d'autres par la manche. Attrapait par le col les derniers retardataires. Un véritable chef d'orchestre, le cheveu hirsute et les vêtements en désordre. Le car, dont le moteur ronronnait doucement, attendait sur le parking. Un ingénieur de la Centrale était présent. Il souriait aimablement à toute cette agitation. Le conducteur, devant la porte de son véhicule, fumait une cigarette. C'était un homme doux. La présence des enfants le rendait heureux. Il portait, de travers sur sa tête, une casquette dont la visière en celluloïd, constellée de traces de doigts graisseux, miroitait dans les derniers rayons du soleil d'avril. Les poils drus de sa grosse moustache blonde étaient jaunis par la nicotine. La pointe de son nez grêlé s'ornait d'un long crin tournicoté. Et puis, pensait-il suivant le cours d'une réflexion tortueuse, cette maîtresse est si ravissante que je ne céderais ma place à personne pour tout l'or du monde. L'institutrice vint se placer sur sa droite. Il écrasa sa cigarette sous la semelle de sa chaussure pour ne pas l'incommoder. Elle compta les enfants au fur et à mesure qu'ils grimpaient dans le car. Le chauffeur, mentalement et par mimétisme, les décompta à son tour.

Le dernier élève embarqué, le chauffeur rajusta sa casquette et fit un signe à l'institutrice qui signifiait en langage des mains que le compte était bon. Celle-ci pénétra dans le car, bientôt suivie par le conducteur qui verrouilla la porte derrière lui. Par sécurité, avant de partir, elle compta à nouveau les enfants. En additionnant les fillettes aux garçonnets qui, déjà, se disputaient les places près des fenêtres, elle songea à ce docteur rencontré à l'hôpital. Elle le trouvait beau. Il était jeune et séduisant, très à son goût. Elle n'était pas difficile de nature, mais pensait que cet homme-ci ferait envie à beaucoup de ses copines. Et puis un docteur… pensa-t-elle, perdant presque le fil de son décompte. Arrivée au fond du car, elle se retourna. La cloche de sa jupe s'enfla. Elle entreprit de lever le bras, indiquant ainsi qu'on pouvait partir. Ses pommettes étaient étonnamment rouges et brillantes. Mais elle arrêta son geste à mi-chemin. Son bras resta suspendu à hauteur de son épaule, dans une sorte de salut militaire tronqué.

Une lumière aveuglante, accompagnée d'une détonation terrible la surprirent dans cette posture. Souriante, heureuse de sa journée, de la vie et du bonheur que lui procuraient tous ces petits bouts d'hommes dont elle avait la charge. Dans sa tête flottait l'image du docteur dans un habit de cérémonie. La suivante, si elle en avait eu le temps, aurait été la sienne dans une robe de mariée suivie d'une traîne sans fin. Le chauffeur venait d'enclencher la première. Il commençait à peine à débrayer et à appuyer sur l'accélérateur à la manière d'un organiste. Il observait dans son rétroviseur la maîtresse et son bras en apesanteur. Des enfants discutaient entre eux de la valeur d'un boulard par rapport à une agate. Ils envisageaient des échanges commerciaux indexés sur l'indice moyen de la bille en verre. D'autres regardaient par les fenêtres. Plus intéressés par l'estampe de leur reflet sur la vitre que par le paysage industriel qui polluait le panorama. Ils furent les premiers à être éblouis par l'intense lumière. Aussitôt, leurs yeux devinrent aveugles.

Le car tangua. Le chauffeur sauta sur les freins. Par réflexe, il appuya de toutes ses forces, dressé sur ses jambes, le buste penché à angle droit sur le volant. En vain. La maîtresse fut projetée contre une rangée de fauteuils. Son bassin heurta violemment une banquette. Il se brisa net. Le car s'envola. Les roues se soulevèrent. Une force invisible le retourna. Il fit plusieurs tonneaux. Toutes les vitres se brisèrent en mille morceaux. Il fut emporté, plus léger qu'un fétu de paille dans une bourrasque. Il sauta une haie et disparut.

*

Sven se réveilla. Ou plus exactement, une épeire réveilla Sven. L'araignée avait entrepris de tisser sa toile à partir de sa narine gauche. La droite était à demi noyée par la boue qui envahissait la galerie de la champignonnière. Sven éternua. L'araignée se trouva propulsée hors de son orifice d'adoption. Les membres engourdis, les cheveux trempés et le côté droit du visage maculé de terre, Sven s'étira. Il sentit sur sa peau la morsure du froid que son linge humide attisait. Il mit quelques secondes à se rappeler l'endroit où il se trouvait et les circonstances qui l'avaient conduit jusque-là. Au-dessus de lui, le disque de la lune miroitait dans un ciel bleu pétrole. Le frisson d'un halo argenté l'entourait, diffus et vaporeux. La nuit avait emmailloté la forêt de sa gangue opaque, réduisant l'espace à une masse sombre et uniforme.

Sven fut étonné de pouvoir atteindre la sortie du trou. Celui-ci était gorgé d'une eau fangeuse. En se mélangeant à la terre grasse, elle s'était transformée en une pâte gluante. Il s'en extirpa péniblement, chacun de ses pas souligné d'un bruit désagréable de succion. Un temps, Sven marcha sans vraiment regarder autour de lui. Il était encore engourdi par le sommeil de plomb, quelques minutes à peine, qui l'avait fait chavirer dans un inconscient sans rêves ni cauchemars. Quand il retrouva enfin l'usage de ses sens, il constata que la forêt n'était plus la forêt. Un monde hostile avait succédé à son univers familier. Du moins, ce fut ce que Sven se dit alors qu'il se débrouillait tant bien que mal de l'enchevêtrement compliqué des arbres abattus, du sol éventré et des pierres semées au hasard sur son chemin.

Le silence.

Le silence inquiétait Sven. Un silence singulier. L'air lui-même semblait en suspension. Pas la moindre brise. Pas le moindre souffle d'air. Pas un oiseau nocturne. Pas une bête. Rien. Absolument rien. Sven avait beau se concentrer, guetter les bruits, sonder chaque parcelle de terrain que la lune éclairait, rien ne bougeait.

Sven se dirigeait vers le village en se fiant à son instinct. Les chemins et les repères naturels avaient été chamboulés, sens dessus dessous. Sven pataugeait dans dix centimètres d'eau. Le lac était sans nul doute sorti de son berceau. Trébuchant dans une ornière, sa chaussure gauche heurta un poisson mort. Un poisson à plus de cinq cents mètres du lac ? pensa-t-il. Il évita d'y toucher. C'était un de ces énormes brochets qui se multipliaient dans les eaux réchauffées. Des histoires couraient sur des poissons monstrueux, longs de plusieurs mètres, qu'on aurait aperçus chassant à la surface. Au bout de dix minutes d'une marche laborieuse, ralentie par les nombreux obstacles qui se dressaient sur son passage, Sven pénétra dans une partie plus dégagée du terrain. Il reconnut la clairière. Elle bornait le côté ouest de son village. L'éclairage lunaire galvanisait l'herbe du pré. Des reflets argentins brillaient par plaques dans l'obscurité.

À court de souffle, Sven déboucha sur le village. Plié en deux. Un point de côté lui déchirait le flanc droit. Il toussa et cracha une mucosité verdâtre. Elle atterrit entre ses jambes. Elle prit des reflets émeraude. Une fois sa respiration maîtrisée, Sven se redressa. La lune se trouvait maintenant dans son dos. Elle éclairait le village en diagonale.

*

Les premières heures, il ne se passa pas grand-chose d'extraordinaire à l'hôpital. Les urgences ne différaient pas de l'habitude. Des bras cassés. Des coupures. Des brûlures. Des petits bobos. Rien qui ne nécessita l'intervention de Yougor. Ce dernier se retrouva donc dans la salle de repos des médecins. Une pièce austère aux murs blancs, sur lesquels des posters de bronches malades, de foies boursouflés et de squelettes légendés avaient été punaisés à hauteur d'homme. Yougor était entouré de ses confrères venus comme lui prêter main-forte. Visiblement déçus de ne pas trouver sur place un état de catastrophe qui leur aurait permis de briller et de se distinguer, les médecins tiraient des plans sur la comète. On échafaudait des théories. On critiquait volontiers l'organisation générale. Ça ne doit pas être bien dramatique, dit l'un des docteurs. Moustachu et trapu, il tenait entre ses doigts un gobelet en plastique fumant d'un café qu'il venait de se servir. Il termina d'un trait sa boisson, renversant sa tête en arrière. Il écrasa le gobelet dans sa main. Il le catapulta d'un bras roulé de basketteur dans la corbeille en plastique. Personne ne lui répondit. Tous écoutaient la radio. Elle ne donnait plus d'informations sur l'incident survenu à la Centrale. De la musique classique remplaçait la voix grave du journaliste. Du Schönberg sauce moutarde, commenta une doctoresse en blouse vert pâle. S'ils n'en parlent plus, reprit le moustachu, c'est que tout est rentré dans l'ordre… il est évident que nous avons les meilleurs ingénieurs au monde et la sécurité est maximale. Disant cela, il cherchait plus à se convaincre lui-même que ses collègues présents dans la pièce. Quelqu'un baissa le volume du poste.

Il y eut dans le couloir du remue-ménage. Des gens couraient. Des chariots se heurtaient. Le médecin moustachu alla ouvrir la porte en grand. Tous virent passer au pas de course des infirmiers. Le moustachu en arrêta un au passage. Il lui demanda : Que se passe-t-il, bon sang ? Les premiers blessés arrivent, répondit l'infirmier en s'arrêtant à peine, avant de filer sans plus d'explications. On y va ! dit la doctoresse à la blouse vert pâle. Et elle montra l'exemple.

*

La deuxième explosion était intervenue alors que Sven s'était assoupi, prisonnier de la champignonnière. Raison pour laquelle il ne l'avait pas entendue. La deuxième et la troisième cheminée de la Centrale avaient explosé. Elles s'étaient élevées sur plusieurs mètres dans le ciel, fusées de pierre, de béton et de ferraille. Elles s'étaient désagrégées avant de retomber au sol en une pluie désordonnée de matériaux et de matières en fusion. Sur plus d'un kilomètre de circonférence, un orage de graphite irradié s'était abattu, corrodant végétal, minéral et animal sans distinction. L'immeuble qui abritait les familles des ingénieurs et des ouvriers avait été pulvérisé. Il laissait le spectacle affligeant d'un cratère contenant un magma de gravats recouvert d'une couche de terre labourée. L'onde de choc de cette seconde explosion se propagea sur vingt kilomètres à la ronde, le souffle brûlant sur dix, et les effets immédiats de la radiation sur trois. Les quelques cerisiers précoces restés debout se vitrifièrent. Leurs fruits cuirent sur place.

*

Siloé mit longtemps avant de se décider à appeler. Elle resta blottie sur elle-même, ses poings serrés contre sa poitrine. Elle haletait. À cause de sa respiration saccadée, elle chuchota d'abord. Puis, elle appela de plus en plus fort. Enfin, elle cria à perdre haleine. Sa voix se perdit dans l'obscurité. Aucun écho ne lui parvint en retour. Personne ne répondit à son appel.

La cave ne ressemblait plus à une cave, mais davantage à un champ de bataille. Des rondins de bois jonchaient le sol tel un jeu de mikado. Des éclats de verre brisé avaient été disséminés alentour. Des triangles acérés formaient une sorte de parcours du combattant miné. Le garde-manger, une vénérable armoire en chêne, dont le lustre moiré avait jadis été la fierté d'Agreda, s'était disloqué en se renversant. Il tirait la langue démantibulée de son unique tiroir. Des serviettes en coton dégorgeaient. Des bocaux, des sacs de légumes et des conserves fuyaient de ses entrailles.

De la poussière de charbon voletait autour de Siloé. Elle lui piquait les yeux. Siloé les cligna trois ou quatre fois d'affilée avant de pouvoir les garder ouverts. Son visage était maquillé d'une sueur poisseuse. Sous ses paupières, la crasse formait une demi-lune violacée. Seul le carmin de ses lèvres découpait deux ailes colorées dans ce masque grisâtre. Siloé se raccrocha au bout de lune qu'elle aperçut à travers un méli-mélo de planches de bois, d'acier et d'objets ménagers condamnant ce qui, autrefois, avait été l'entrée de la cave. La maison elle-même avait disparu. Siloé se rendait bien compte qu'elle n'avait plus au-dessus de sa tête que des gravats. Toutefois, elle espérait qu'un miracle remettrait tout à sa place. La porte. Le toit. Les meubles. Les bouteilles. Les rondins de bois. Et Agreda.

En pensant à sa nourrice, Siloé cria une nouvelle fois : Agreda ! Agreda ! Son jeune âge était un avantage et un inconvénient. Un avantage parce qu'elle ne pouvait pas mesurer la gravité de la situation. Un inconvénient parce qu'elle n'avait pas les moyens de s'en sortir sans aide extérieure. Siloé se remémora l'image de ses parents. Ils lui apparurent plus vrais que nature, et elle en ressentit du soulagement. Eux sauraient quoi faire. C'était certain. À la fin de leur journée de travail, ils viendraient la chercher. La vie reprendrait son cours ordinaire. Elle serait encore plus câline que d'habitude. Elle ne ferait pas la moindre bêtise. Elle ne se disputerait pas avec son frère. Elle irait se coucher sans faire de comédie. Dorénavant, elle ne désobéirait plus jamais. Cette perspective rasséréna Siloé. Elle s'assit par terre en prenant soin de ne pas se couper. Elle ramena ses jambes sous elle comme elle aimait à le faire. Elle les entoura de ses bras et poussa un profond soupir. Elle se perdit dans la contemplation d'un tesson de bouteille, le menton en appui sur ses genoux.

Une demi-heure, pour le moins, s'était écoulée quand le rat montra le bout de son museau. Il réapparut subrepticement par l'interstice d'une fente dans le mur. Il s'était couvert d'un chapeau de paille, cerclé d'un ruban bicolore, rouge et blanc. À un bras était suspendu un parapluie. À l'autre, dans le creux de son coude, le rat transportait un bagage à main de la forme d'une trousse de médecin. Une sorte de berlingot en cuir brun-roux. Son fermoir ouvragé et cuivré brillait dans la pénombre. C'est tout ce que j'ai pu sauver, dit le rat. Il vint s'asseoir sans plus d'explications à côté de Siloé. Il poussa à son tour un long soupir. Son ventre se creusa. Ses babines se retroussèrent.

Toi aussi, tu es prisonnier ? questionna Siloé. Eh oui ! Et, surtout, ce qui est le plus grave, crois-moi, c'est que je n'ai pas mangé de fromage depuis une éternité, c'est bien simple, je ne m'en rappelle même pas le fumet… alors moi, j'en rêve de ce fromage… celui que j'allais chiper dans le garde-manger… y as-tu déjà goûté ? non… un fromage à vous faire prendre un chat en amitié… Agreda avait beau mettre des pièges de sa confection… tu ne peux pas savoir jusqu'où allait son imagination ! Elle inventait des machines compliquées, montées sur des ressorts bandés, armées de pointes effilées, lardées de leurres plus appétissants les uns que les autres… sans compter la tapette dont elle se servait en me pourchassant pour m'écrabouiller… Paf ! mais, bien malin celui qui m'aplatira comme une crêpe, et le rat mima la scène. Je te comprends, moi non plus je n'ai pas mangé, dit d'une petite voix tremblante la fillette. Comment t'appelles-tu ? demanda le rat. Siloé, répondit-elle. Moi, c'est Benjamin, de la lignée des Benjamin le Rat de père en fils et parfois, nul n'est parfait, en fille, dit-il en sifflant entre ses longues incisives. Crois-tu, Benjamin, que nous sommes ici pour longtemps ? voulut savoir Siloé. Un de mes ancêtres a été enfermé dans une cage toute sa vie, affirma Benjamin. Je n'aimerais pas ça, vivre ma vie entière dans une cage ! s'écria Siloé. Et moi donc ! mais ce qui m'effraie le plus, c'est… Disant cela, le rat regarda par-dessus son épaule. C'est quoi ? demanda Siloé apeurée. C'est le matou… le chat des voisins, un raticide de première celui-là ! gronda Benjamin. Mais moi, je ne suis pas un rat, alors je ne crains rien…

essaya de se convaincre Siloé. Détrompe-toi ! Ce chat est un monstre, un fanatique, une espèce de chat-garou assoiffé de sang… et s'il te trouve avec moi… il ne fera pas de différence et…

Un chat énorme, d'un noir profond, le pelage luisant et les yeux fendus en amande, apparut. Il se faufila entre les gravats. D'un bond soudain et imprévisible, il sauta sur Siloé et Benjamin le Rat qui n'eurent pas le temps d'esquisser un geste. Siloé hurla dans son sommeil. Ce cri désespéré la réveilla en sursaut.

*

Yougor suivit le mouvement. Il emboîta le pas au moustachu qui tentait, en courant plus ou moins, sans y parvenir de reboutonner sa blouse. Ce dernier jura entre ses dents.

En surnombre, la plupart des médecins assistaient en spectateurs aux soins donnés aux premiers blessés. Quelqu'un dit : Ce sont deux pompiers… Un infirmier – il suspendait à une potence une poche de sérum – ajouta : Ce sont les premiers qu'on a récupérés. Un troisième – il découpait la jambe du pantalon d'un garçon d'une vingtaine d'années allongé sur le brancard – précisa : On les a retrouvés près de la Centrale en piteux état… un hélicoptère parti de Nardyl… la base militaire… ils ont reçu l'ordre de rentrer immédiatement…

Yougor regarda plus en détail les deux hommes. Le plus jeune était brûlé sur toute la surface du corps. L'autre, plus âgé, un peu moins atteint mais respirant avec une grande difficulté, émettait un grognement quand il expirait. Quelqu'un sait comment ils s'appellent ? demanda un médecin. On ne lui répondit pas. Après avoir vérifié le goutte-à-goutte, un infirmier donna une pichenette de l'index contre la canule qui pendula.

Yougor sortit de la pièce. Il se sentait inutile. Il se dirigea vers l'entrée principale de l'hôpital. Les semelles de ses chaussures crissaient sur le linoléum. Un des néons du couloir grésilla. Il s'éteignit puis se ralluma avant de définitivement s'éteindre. En passant devant le bureau des urgences, Yougor arrêta une aide-soignante. Avant qu'il ait eu le temps de lui adresser la parole, celle-ci dit : Ils arrivent par dizaines. Qui ça ? demanda Yougor. Mais il connaissait la réponse. Qui amène ces blessés ? reprit-il sans attendre la réponse à sa première question. Les hélicoptères… l'armée… bafouilla l'aide-soignante, avant de disparaître à l'angle du couloir.

Dans le hall d'entrée, Yougor constata la présence d'un nombre insolite de militaires.

Ils entouraient un capitaine ou un lieutenant. Yougor n'avait jamais su différencier correctement les grades. Le gradé aboyait des ordres secs et brefs. Que se passe-t-il ? lui demanda Yougor. Il fut maintenu à distance par un soldat qui s'interposa, une arme automatique en travers de la poitrine. Exercice, répondit laconiquement le galonné.

*

Sven, alimenté par la fureur et l'angoisse, déblayait les gravats à pleines mains. Les planches trop lourdes, il les repoussait sur le côté en s'aidant de ses jambes comme de vérins. Les meubles brisés et les divers objets ménagers qui obstruaient l'entrée, il les balançait sans ménagement le plus loin possible. Rien n'était trop lourd ou trop volumineux. Sven œuvrait dans un état second, proche de la transe.

En débouchant à l'entrée du village, Sven avait eu un choc auquel il n'était pas préparé. Ce qui le matin – quand il avait quitté sa maison pour se rendre à pied au collège distant d'un kilomètre – s'élevait en trois dimensions avait été réduit à une surface pratiquement plane. Immeubles. Pavillons. Station-service. Commerces. Lampadaires. Pont. Abribus. Gare routière. Tout, absolument tout.

Sven embrassait l'étendue de son village d'un seul regard. Aucun obstacle physique ne l'arrêtait. C'était une ville fantôme qu'il avait sous les yeux. Une sorte de maquette d'architecte en deux dimensions, sur laquelle les habitations étaient délimitées par leurs fondations et les rues par les restes cariés des trottoirs. Le silence quasi palpable, qui nappait le village d'une chape de plomb, le troubla au-delà de tout ce qu'il avait éprouvé jusqu'à maintenant. Pas un son. Pas une voix. Pas un bruit n'altérait l'étrange paix qui régnait. Des fumerolles s'élevaient à intervalles irréguliers. Fantômes torturés, elles seules hantaient les lieux. Le village semblait avoir été placé sous une cloche. Pareille à l'une de ses boules remplies de neige artificielle qui faisaient la joie de Sven quand il était petit. La seule différence était la poussière grise en suspension qui remplaçait la neige. Ce brouillard de particules se déposait sur le sol avec la légèreté et la volatilité d'un duvet d'oie. Sven mit plusieurs minutes avant de réaliser qu'il n'y avait pas âme qui vive dans les rues. Pas un chien. Pas un chat.

Pas un homme.

À tâtons, comme s'il sondait le sol à chaque pas pour ne pas être englouti, Sven avança en direction de ce qui avait été autrefois la rue menant à sa maison. La poussière grise l'assaillait.

Elle pénétrait ses poumons. Sa respiration se fit douloureuse. Sven déchira une manche de sa chemise. Il s'en fit un foulard. En couvrit sa bouche et son nez. Il marcha de plus en plus vite, submergé par l'émotion. Il finit par courir. Sven pensait à sa sœur, Siloé. Il cria son nom. Le tissu qui protégeait sa respiration étouffa son appel. Il sprinta à perdre haleine. Prit sur la droite. Marqua une pause. Se frotta les yeux et ne vit pas davantage d'habitations debout. Ni la sienne ni celle de voisins. Toutes avaient été emportées par l'ouragan.

C'était ainsi que Sven voyait maintenant les choses. Un terrible ouragan avait balayé la région sur son passage. Rien ne lui avait résisté. Mais où étaient les hommes ? Les secours ?

Sven se précipita chez Agreda. La pensée que sa sœur avait disparu elle aussi lui était insoutenable. Siloé dont le prénom qu'il se répétait sans cesse cognait dans sa tête comme un gong. Siloé. Siloé. Siloé... Pour la première fois de sa vie, Sven craignait de se retrouver seul au monde. Siloé représentait son unique espoir. Inconsciemment, Sven ne comptait plus sur ses parents. Sans pouvoir se l'expliquer, un pressentiment lui disait que sa mère et son père avaient été emportés par l'ouragan. Effacés de la surface du globe, à l'image de tous les habitants du village.

*

La maison d'Agreda, identique aux autres, se résumait à un amas de planches et d'objets divers. Un poêle en fonte avait été roulé cul par-dessus tête. Il gisait, les quatre fers en l'air, tel un animal blessé parmi les gravats. Sven n'avait d'autre choix que d'imaginer l'intérieur de la maison en prenant repères sur les soubassements qui la délimitaient.

Où était sa sœur ? Cette question qu'il se posa du bout des lèvres fut le détonateur de sa soudaine rage. Non, ce n'est pas juste, pensa-t-il. Puis un sentiment d'impuissance le parcourut. Il fit que ses jambes devinrent aussi molles que du coton. Elles se dérobèrent sous lui. Sven s'agenouilla. Il prit sa tête entre ses mains. Il sanglota. Son corps fut secoué d'un violent spasme. Il n'eut que le temps d'arracher son foulard de fortune avant de vomir de la bile.

La poussière grise tombait sur ses épaules. Elle se déposait en fines couches sur un Sven immobile et impuissant. Quand il bougea un bras pour changer de position, elle s'envola et alla se déposer ailleurs. Que faire ? Sven, qui depuis quelques mois clamait à qui voulait l'entendre qu'il était un homme, réalisa qu'il n'était en réalité qu'un enfant. Un petit enfant. La réplique en miniature d'un homme.

Sven se relevait quand il entendit le cri de Siloé. Non pas un appel, mais le cri d'une enfant qu'on réveille brutalement de son sommeil, chargé d'étonnement et d'impuissance, de surprise et d'indignation. Ce cri provenait de sa droite où, dans le souvenir de Sven, se situait la porte qui donnait sur la cave. Agreda la fermait à clé pour ne pas risquer un accident. Il se rappelait que l'escalier était raide et glissant d'humidité.

Ce fut ainsi que Sven, hurlant à tue-tête le prénom de sa sœur, se mit à l'œuvre. La fureur lui déformait les traits du visage. Il transpirait à grosses gouttes qui, en tombant par terre, soulevaient un minuscule nuage de poussière. La sueur coulait sur son front. Pénétrait dans ses yeux. Gouttait dans son cou. Des traînées noires apparurent sur ses joues.

*

À l'aube, Yougor Sidaref avait été réquisitionné dans une petite salle de soins. Une table de fortune servait de lit d'examen. Yougor enchaînait les gestes précis avec la régularité d'un métronome. Il ne s'agissait plus de penser mais d'agir. Quelques mots pour rassurer le blessé, et il fallait évaluer les dégâts, apporter les premiers soins et passer au suivant.

Tandis qu'une infirmière se chargeait du premier tri des patients et donnait la priorité aux plus atteints, Yougor dit machinalement à l'homme qu'on venait d'installer sur la table d'examen : Ça va aller, mon vieux… Les blessés, une heure après l'arrivée des deux pompiers, avaient afflué en nombre toujours plus grand. Il s'agissait principalement de sauveteurs parvenus les premiers sur les lieux de l'incident. Beaucoup présentaient des fractures. D'autres des brûlures et quelques-uns une sorte de pelade étrange. La peau de leur corps s'était bizarrement mise à se détacher par plaques. Laissant à nu l'épiderme, mais, semblait-il, sans que la douleur fût insupportable. Il y en avait même qui fumaient une cigarette en attendant leur tour.

L'infirmière, une jeune stagiaire fraîchement débarquée, montrait des signes d'affolement. Elle se mélangeait les pinceaux, renversant des liquides, se trompant dans les consignes. Yougor lui proposa de prendre un peu de repos. Elle refusa. Dans le couloir s'entassaient de nouveaux arrivants. Un brouhaha inhabituel prenait à chaque minute de l'ampleur. Il gênait Yougor, qui sortit de la salle de soins afin d'y mettre bon ordre. Ce qu'il vit alors le fit reculer d'un pas. Les gens qu'on avait parqués dans les couloirs n'étaient pas des blessés mais des morts. L'hôpital s'était transformé en un immense funérarium.

*

Siloé! criait encore Sven quand il réussit à libérer un petit espace. Juste de quoi passer la tête.

La lune descendait maintenant à l'horizon. Elle éclaira en biais l'ouverture. Sven dut attendre. Sa vision s'accommodait mal de cette nouvelle obscurité à l'intérieur de la cave. Siloé? murmura-t-il. Un bruit de course le fit sursauter. Un rat détalait. Il le vit en ombre chinoise se détacher sur le sol et disparaître aussitôt. Siloé! appela Sven. Sa petite sœur s'était blottie dans un coin, entre le garde-manger renversé et une herse improvisée de rondins de bois. Elle avait été effrayée par la bête qui cherchait à pénétrer dans son refuge. Quand elle comprit qu'il s'agissait de son frère, elle se leva. Sven! implora-t-elle. Sven!

Sven avait pris Siloé dans ses bras. Il l'avait bercée et la petite s'était rendormie. Sa respiration sifflait entre ses lèvres pincées. Elle sursautait à intervalles réguliers. Sven recommençait de la bercer. Il chantonnait un air inventé pour l'occasion. Jamais il ne se serait cru capable d'une telle attention. Siloé, qui était sa rivale et la prétendante au titre de chouchou de la famille, se tenait recroquevillée entre ses bras. Abandonnée et dépendante.

Le bruit d'un moteur. Puis de celui de dizaines de moteurs. Combien d'heures s'étaient écoulées ? Depuis combien de temps Sven et Siloé s'étaient-ils retrouvés ? Sven leva la tête en prenant soin de ne pas réveiller sa sœur. Par le trou qu'il avait percé pour se faufiler dans la cave, il s'aperçut qu'il faisait jour. Il écarta Siloé doucement. Mit un sac de jute sous sa tête en guise d'oreiller et grimpa pour jeter un œil dehors. Au-dessus de lui, des hélicoptères tournoyaient dans le ciel. De gigantesques mouches noires et menaçantes. Sven fut aveuglé par la luminosité. Il regarda à droite, puis à gauche. Il vit alors un étrange véhicule. Une espèce de tank sans canon. Ses chenilles écrasaient les gravats sur son passage, aussi facilement que des morceaux de sucre. Sur les côtés de la chenillette, de non moins étranges silhouettes vêtues de blanc tenaient dans leurs mains des appareils ressemblant à des bazookas miniatures. Ils avançaient prudemment. Ces appareils stridulaient à la manière des grillons en été. Les silhouettes portaient un masque et des bottes très larges. Elles se mouvaient avec la lenteur d'un paresseux sur sa branche. Elles évitaient le contact avec les objets. Elles faisaient parfois un important détour pour les esquiver.

Instinctivement, Sven se baissa. Sans réfléchir, il dégringola sur le sol. Il jeta un rapide coup d'œil autour de lui. Il se précipita et s'empara de ce qui pouvait lui permettre de se barricader. Il étaya sa construction avec le garde-manger qu'il traîna et releva à l'aplomb du trou. Quelques minutes plus tard, le tank roulait au-dessus d'eux. Le sol trembla. De la poussière et de la terre se détachèrent des murs. Cela dura un temps qui parut à Sven une éternité. Puis le silence revint.

C'était quoi ? demanda Siloé, réveillée par le bruit. Rien, répondit Sven. Le ronflement des hélicoptères s'estompa. Puis cessa enfin. J'ai peur, dit Siloé.

*

Depuis des jours, il n'avait pas cessé de pleuvoir. La terre était imbibée. Boueuse, elle collait aux basques. La gadoue envahissait les caves. Les gravats s'enfonçaient inexorablement dans le sol spongieux devenu leur linceul. Le village offrait le spectacle désolant d'un navire ravagé par la tempête. Des poutrelles. Des voliges. Des meubles abandonnés. Des voitures retournées. Du verre brisé… Après l'incident, les chenillettes, les hommes en blanc et les hélicoptères avaient sillonné les terres et les airs. Le village de Sven avait été fouillé, ainsi que les bois alentour. Six jours et six nuits, Sven et Siloé s'étaient barricadés dans la cave d'Agreda.

Le frère et la sœur se nourrissaient de conserves, de légumes rescapés du désastre et de pommes trouvées sur place. Sven avait organisé l'espace. Arrangé deux lits de fortune, déblayé les bouteilles brisées, trouvé une petite barrique de vin léger qui remplaçait l'eau. Ce vin apaisait leur soif. Après chaque verre, il s'ensuivait un état d'euphorie, puis une somnolence agréable. Siloé buvait peu. Sven veillait à ce que l'alcool, même à faible degré, ne la rende pas malade. L'eau de pluie s'infiltrait le long des parois, sale et inutilisable. Elle était chargée de scories noires qui encrassaient les murs. Le sol en terre battue ne parvenait pas à les absorber. Avec son index, Siloé aimait bien y dessiner des têtes à Toto.

Sven était déterminé à ne pas se montrer, à attendre que les hommes en blanc cessent leur manège. Il n'aurait pas pu dire pourquoi, mais sa décision lui semblait la bonne. L'activité fiévreuse au-dessus de sa tête ne lui disait rien qui vaille. Siloé se montrait docile. Elle obéissait à ses recommandations. Même si parfois elle râlait pour la forme. Elle trouvait ce jeu amusant. Surtout quand Sven demandait le silence absolu. Alors les pas et les voix étouffées des envahisseurs, ainsi les appelait-elle, étaient source de fous rires mal contenus.

Siloé pensait moins à ses parents et plus du tout à Agreda. Pendant les heures de veille, Sven inventait des jeux. Multipliait les distractions. L'une d'elles consistait à chasser le rat. Cet unique rat, qui plusieurs fois dans la journée montrait le bout de son museau, traversait la cave en quatrième vitesse et disparaissait dans un coin de mur en dandinant du croupion. Sven guettait l'animal. Siloé criait si elle le voyait la première. Son frère se précipitait. Deux fois sur trois, il se retrouvait le nez dans la terre. Ce qui faisait beaucoup rire sa sœur. Il parvenait parfois à frôler le rat qui, d'un coup de reins terrifié, accélérait et échappait sans coup férir à la main de Sven.

Le soir après avoir bu une tasse de vin rosé, Sven endormait Siloé en lui contant des histoires. Le même prince revenait. Grand, beau, cuirassé dans une armure d'argent et monté sur un fier destrier. C'est quoi un destrier ? avait demandé Siloé. Sven s'était levé. Il avait mimé un cheval fougueux. Il s'était cabré. Avait henni en bavant. Je vois, avait dit Siloé. Un destrier, c'est un garçon qui fait l'idiot en crachant de la salive… c'est dégoûtant ! s'était-elle plainte. Avant d'ajouter : Et d'abord, comment il fait, le prince, pour te monter sur le dos ?

*

Yougor sortit du studio en catimini. Il avait retiré ses chaussures pour ne pas alerter le voisinage. Il descendit les marches sur la pointe des pieds. Il ouvrit la porte d'entrée de l'immeuble en prenant soin de ne pas la faire grincer. Une fois à l'extérieur, il enfila ses chaussures. Il ajusta le col de son manteau et partit d'un bon pas. Il ne voulait pas penser à ce qu'il était en train de faire. À cette folie.

Après sept jours complets passés à l'hôpital à soigner les blessés – aucun ne provenait directement de la Centrale, mais des hameaux distants de vingt kilomètres et plus –, Yougor avait regagné son appartement. Il avait dormi vingt heures d'affilée. Sans rêves et d'un sommeil de plomb. En se réveillant, le huitième jour, il avait branché la télévision. Un jeu absurde s'y déroulait. Puis un autre jeu aussi bête succéda au premier. Vint le télé-achat. Suivi d'une émission de variétés. Suivi d'un documentaire sur la culture du chou hors sol. Suivi d'un dessin animé. Suivi… Tous les programmes avaient été chamboulés. Jamais encore Yougor n'avait connu une telle débauche de jeux, de distractions et de chansons ineptes que des beautés fardées et des minets gominés éructaient avec conviction et force bêlements. De l'incident à la Centrale, pas la moindre allusion.

À l'hôpital, le mot d'ordre avait été de diriger les cas les plus graves vers la capitale. Les docteurs avaient été progressivement remplacés par des médecins militaires qui se mirent à tout régenter. Des rumeurs couraient. On disait qu'on avait décidé d'un périmètre de sécurité de trente kilomètres autour de la Centrale. Les secours avait été interrompus. Les rescapés et les habitants des alentours avaient été déplacés. L'armée empêchait l'accès des routes. Elle contrôlait les gens. Ces rumeurs étaient accréditées par les blessés, avant qu'on leur ordonne de la boucler. Les récalcitrants furent expédiés dans un autre hôpital. Un pénitencier, insinuait-on.

Yougor déboucha à la périphérie de la ville. Il se retourna. Il regarda les premières fenêtres allumées qui taraudaient l'obscurité sur les façades des immeubles. Il pensa à son devoir.

À son travail. À l'hôpital. Il revit le visage de l'institutrice le jour où elle avait pris le car. Il vit son sourire et la porte articulée se refermer sur elle. Il se rappela son geste timide de la main pour lui dire au revoir.

Yougor se souvint qu'un soir, harassé de fatigue, sa blouse de médecin tachée de sang, il n'avait pu se décider à admettre l'inévitable. Lui qui n'était ni croyant ni superstitieux se mit à espérer un miracle. Il se surprit à prier au cours d'une opération. Une prière païenne, adressée au dieu de la bonté. L'institutrice était en vie. Il le voulait. Le réclamait. En vie, là-bas, quelque part près de la Centrale. Ce soir, en s'éloignant de la ville, Yougor n'ignorait pas la triste vérité. Mais il la refusait. Il lui lançait un défi. Lui, Yougor, allait changer son cours. Il avait pris la décision de sauver une vie. Celle de l'institutrice. Coûte que coûte.

La route nationale longeait sur deux kilomètres une succession de terrains vagues avant de s'enfoncer dans le labyrinthe d'une banlieue ouvrière. Yougor devait éviter les barrages et leurs soldats aux aguets. En marchant, il pensa que l'inévitable était peut-être le moyen déguisé choisi par le destin pour l'obliger à vivre sa vie. Le médecin ne s'était jamais senti aussi grave. En quelques jours, il venait de perdre les ultimes miettes d'enfance qui demeuraient encore en lui.

*

Tu ne bouges pas d'ici, dit Sven à Siloé. Elle opina du chef avant de prendre sa position préférée. Les genoux sur sa poitrine, les bras autour. C'est pour ta sécurité, ajouta Sven qui rechignait à donner des ordres à sa petite sœur. En s'extirpant de la cave, il jeta un coup d'œil discret vers Siloé. Il s'inquiétait pour elle. Sa cheville blessée ne cicatrisait pas. Les deux lèvres de la plaie étaient boursouflées. Siloé se plaignait de douleurs et d'élancements dans la jambe.

Il pleuvait sans discontinuer. De grosses gouttes noires et huileuses heurtèrent le visage de Sven. Il se protégea d'une main. De l'autre, il déplia un sac plastique déchiré qu'il arrangea tant bien que mal sur sa tête. Ainsi coiffé, il sortit de son repère. Sven camoufla l'entrée avec des gravats, puis il inspecta les environs. Les hommes en blanc avaient disparu. Depuis quarante-huit heures, le grigri de leurs appareils ainsi que le vrombissement des hélicoptères avaient été remplacés par la désolation d'un silence que le vent et la pluie rendaient oppressant. En mettant le nez pour la première fois à découvert, Sven avait l'intention de dénicher quelque part un médicament. Un remède ou quelqu'un qui pourrait l'aider à soigner Siloé. Le village était désert. Ni animal ni homme. Après une rapide et infructueuse recherche, Sven décida de se rendre à la Centrale. Là-bas, il y aurait une infirmerie. Des gens seraient là. On lui viendrait en aide.

Sven pensait maintenant que son acharnement à éviter les hommes en blanc n'avait pas été le bon choix. Peut-être, s'il s'était montré… S'il avait demandé du secours… Et après ? marmonna-t-il. Il prit le même chemin à travers la prairie qu'il avait emprunté le soir de l'ouragan pour regagner le village. Sven s'enfonça dans la forêt. Il marcha jusqu'au lac.

Le spectacle qu'il vit en arrivant l'effraya. Le lac, sur toute sa surface, était à sec. Aussi loin que son regard portât, ce n'était que terre boueuse et vase humide que la pluie flagellait. Les lèvres boursouflées des bords du lac en délimitaient le contour – vaste méat fangeux. Sven reconnut la pierre sous laquelle il cachait ses habits quand il venait se baigner. Mais où est donc passée toute l'eau ? s'interrogea-t-il. Il s'assit sur la pierre et demeura immobile et confus. La Centrale se trouvait sur sa droite. À travers bois, il lui faudrait un quart d'heure pour la rejoindre. Sven découvrit alors qu'on ne distinguait plus les cimes des quatre cheminées.

Ni les échafaudages des deux autres en construction. Il s'aperçut aussi que les sapins avaient perdu leurs aiguilles. Il avait, sans s'en rendre compte, marché jusqu'au lac sur un tapis d'aiguilles jaunes et torturées. Les aiguilles des sapins ne tombent jamais… surtout début mai, songea-t-il.

*

Y avait-il jamais eu une Centrale ?

Sven s'approcha du bord béant d'une immense cavité. Une plaie faite dans le sol s'étendait sur plusieurs centaines de mètres. Il avait trotté durant de longues minutes avant de se retrouver sur les lieux. Sven mit les mains sur ses hanches. Il poussa un soupir et murmura : C'est pas croyable… Son étonnement céda à une fatalité qui anesthésia la peur qui montait en lui. Que s'était-il passé ici ? Pourquoi n'y avait-il plus personne ? Sven chercha un endroit où son regard aurait pu buter, mais il n'y avait rien pour l'arrêter. Jusqu'à la végétation qui avait totalement disparu, laissant la place à un labour brunâtre encombré de gravats. Sven s'accroupit. Il prit une poignée de terre. Il la filtra entre ses doigts en observant la paume de sa main qui apparaissait peu à peu. Ce qu'il vit l'intrigua. Les veines sous sa peau semblaient avoir doublé de volume. Elles étaient vertes, à l'image de ces feuilles d'épinard que sa mère cuisinait avec de la crème de lait. Il souffla dessus. Espérant il ne savait trop quoi.

Sven rentra au village par un chemin de traverse. Il escomptait rencontrer quelqu'un. Une personne qu'il n'osait pas encore appeler un survivant. Après dix minutes d'une marche pénible, retardée par d'innombrables obstacles, il déboucha sur une allée cavalière encombrée d'arbres abattus. Ce fut en arrivant au sommet d'un de ces fûts d'arbres qu'il vit le car planté le nez dans la terre. Les quatre roues étaient écorchées. Les jantes à nu étaient étrangement brillantes. Sven connaissait ce véhicule. C'était un bus scolaire. Sur la carrosserie éventrée, et par endroits en charpie, on pouvait non sans mal déchiffrer le nom de la ville de Nardyl. Sven s'approcha avec prudence. L'excitation le gagnant, il se mit à courir en direction de l'épave. À une dizaine de mètres de la carcasse, il se prit les pieds dans une racine qui l'envoya valdinguer dans un buisson d'épineux. Une belle envolée gracieuse, les bras en croix et le cul par-dessus tête. Sven poussa un cri de rage avant de se dépêtrer de l'embrouillamini végétal. Soudain, il entendit un grincement lugubre de tôle froissée. Il leva les yeux en direction du car. Il vit le monstre de ferraille basculer vers lui.

Le pied de Siloé avait gonflé. Il la lançait sans arrêt. Elle ne savait plus quelle position adopter pour se soulager. Elle trouvait le temps long depuis le départ de Sven. C'était sûr, son frère avait rencontré un ami. Il l'avait oubliée dans ce trou nauséabond. Les garçons sont comme ça. Ils ne pensent qu'à eux, jamais à leur sœur. Siloé peina pour se lever. Elle n'avait jamais eu les fesses aussi lourdes et la tête aussi légère. Prise d'un vertige, elle se retint à une poutre.

Elle reprenait ses esprits quand le rat déboula devant elle et faillit lui faire perdre l'équilibre. Dis donc, Benjamin ! cria Siloé. Elle le regarda s'éclipser par un trou dans le sol. Benjamin manquait de savoir-vivre, mais il avait pourtant des qualités. Chaque nuit, il rejoignait Siloé. Il dansait pour elle. Ou bien faisait des acrobaties. Ou encore lui racontait ses aventures de rat futé. Il commençait toujours ses histoires par : Écoute voir un peu…

Au-dessus de Sven, une bête grognait. Un chien ?

Elle avançait droit devant elle. Son boitillement l'obligeait à ralentir l'allure. Sa cheville suintait. Un liquide jaunâtre tachait sa chaussette. Siloé s'accroupit. Elle roula la chaussette et examina la plaie. Sven lui avait interdit de s'aventurer à l'extérieur de leur cachette. Il lui avait demandé d'attendre son retour. C'était la première fois qu'elle contrevenait à ses ordres. Siloé se releva. Elle venait soudainement de prendre la décision de regagner son abri. Sven la gronderait de s'être ainsi hasardée à l'extérieur. Peut-être la punirait-il. Elle se souvenait d'Agreda. De sa colère qui avait précédé son inexplicable disparition. Elle se sentait coupable et ne voulait pas que son frère disparaisse à son tour.

Au moment où elle faisait demi-tour, un curieux manège l'intrigua. Siloé remarqua l'étrange comportement d'un oiseau. Elle n'aurait su dire s'il s'agissait d'un moineau ou pas. Il n'était pas bien gros ce zoziau-là. Rêvait-elle ? Était-ce une farce de Benjamin ? L'oiseau, qui auparavant était perché sur une branche, se lançait contre une poutrelle en acier qui se dressait à la verticale. Il battait rageusement des ailes. Sous son ventre, les pattes sortaient tel un train d'atterrissage. L'oiseau se cognait violemment et de plein fouet contre l'acier. Il tombait raide assommé par terre. Après un moment, de plus en plus long à chaque fois qu'il rééditait son manège imbécile, il reprenait ses esprits. La bestiole s'ébrouait, puis repartait se percher sur la branche. Sans tarder, il recommençait sa manœuvre kamikaze. Eh ! s'écria Siloé, quand l'oiseau une nouvelle fois s'élança. Il vint heurter la poutre et tomba par terre, inerte. Siloé était à la fois intriguée et suffoquée par son attitude. Jamais encore elle n'avait vu un comportement aussi bizarre. Remarquant qu'il ne bougeait plus, les ailes déployées et la tête bizarrement déjetée en arrière, elle s'approcha. L'oiseau ? dit-elle, d'une petite voix inquiète. Quand elle fut à sa hauteur, elle se pencha sur lui. De son bec coulait un mince filet de sang. Du bout de son index, Siloé le toucha. Elle sentit sous les plumes le corps chaud ainsi que les os minuscules. Oh ! Oh ! dit-elle. Mais l'oiseau resta insensible à son appel. Tu es mort ? demanda la fillette. Elle le fit rouler sur le côté. Ses pattes se dressèrent droites comme des I. Oui, tu es mort, constata Siloé. Elle se releva et haussa les épaules. Après tout, ce n'était qu'un oiseau fou.

Elle s'apprêtait à partir quand elle entendit au-dessus de sa tête un froissement d'ailes. Siloé leva les yeux. Elle vit une nuée de moineaux fondre sur la poutrelle. Prise de panique, elle s'enfuit en courant, oubliant sa cheville douloureuse. Dans son dos, le choc des oiseaux s'écrasant contre l'acier la terrorisa.

Au moment où le car vacillait vers lui, Sven s'était jeté à terre, à l'endroit même du buisson d'épineux. Sa tête avait heurté une grosse racine qui affleurait le sol et il avait perdu connaissance. Le car s'était incliné d'une dizaine de degrés, mais n'avait heureusement pas continué dans sa chute. Il ressemblait maintenant à une tour de Pise en ferraille qu'un sculpteur peu scrupuleux aurait abandonnée en cours de réalisation. Une minute plus tard et sans raison apparente, un siège fut éjecté de l'intérieur. Quelque chose bougea à proximité.

Écoute un peu voir… commença Benjamin. Siloé s'était assoupie sur les pavés disjoints, à l'angle de ce qui avait dû autrefois être un carrefour. La frayeur l'avait paralysée. En réaction, son corps avait été comme anesthésié. Siloé dormait recroquevillée sur elle-même. Sa respiration était saccadée. Sous ses paupières closes, ses yeux bougeaient au rythme de l'histoire de Benjamin.

Écoute un peu voir… Nous, les rats, connaissons bien les moineaux. Nous en croquons un de temps à autre, quand l'envie nous prend. Personnellement, je préfère les limaces, c'est plus juteux. Eh bien, foi de Benjamin, jamais je n'ai vu un moineau aller écraser sa cervelle de piaf contre un mur ou n'importe quoi d'autre… Oui, je sais, ils ne sont pas aussi fute-fute que nous, ils n'ont pas une aussi belle queue, ni d'aussi jolis yeux, mais ils ne sont pas couillons au point de s'aplatir le bec contre une poutre en acier. Si tu veux mon avis, je crains qu'à force de côtoyer les humains à longueur de temps, ils soient devenus cinglés. Parce que, imagine-toi bien, il n'y a pas si longtemps, j'ai vu Agreda, tu sais, celle que tu appelles nounou, eh bien je l'ai vue voler dans les airs comme un piaf. Rends-toi compte ? Une grosse bonne femme, jupe, jupons et le reste compris, qui vole si loin qu'elle disparaît pour toujours ! Remarque, moi, ça m'arrange plutôt… Et surtout, dis-toi que ce n'est pas parce nous, les rats, nous ne pouvons pas voler que je ne vais pas, là, tout de suite, te faire une démonstration de haute voltige. Ce sont des racontars. J'affirme que les rats savent voler. La preuve ? Surtout, n'en perds pas une miette…

Benjamin jeta un œil à droite et à gauche, sautilla sur place, prit son élan et s'élança.

Sven sentit la bave de l'animal lui goutter sur le visage. Il bondit sur ses jambes. Prêt à repousser ce qu'il ne doutait pas être un fauve assoiffé de son sang. Il mit un instant à acclimater sa vision. Il cligna plusieurs fois des yeux avant de se mettre en garde. Les poings devant lui, bras fléchis en position de piston. Soudain, il se souvint du car. Il jeta un regard furtif dans sa direction. Il fut soulagé de le voir encore dressé plus ou moins à la verticale. Seule la bête représentait un danger immédiat. Mais où est-elle donc passée ? Sven sursauta quand il sentit une patte sur son épaule. Il se retourna vivement et balança un gnon. Un geste réflexe qu'il doubla d'un crochet du droit, suivi d'un uppercut du gauche. Ses mains pénétrèrent une matière souple et tiède. Il entendit un Ouf ! expiré.

*

Yougor Sidaref marchait depuis quatre jours, profitant de l'obscurité de la nuit pour se déplacer. Le jour, il dormait où il pouvait, à l'abri des regards. Il s'était aperçu qu'en approchant de la Centrale les routes étaient plus sévèrement contrôlées. Les barrages plus fréquents. Caché dans un bois à l'orée d'une départementale, il avait pu constater que les soldats vérifiaient scrupuleusement les papiers des civils. Nombreux étaient ceux qui se trouvaient contraints de faire demi-tour. Pour cette raison, Yougor avait choisi de marcher la nuit tombée, à travers champs et bois. La seule chose à laquelle il n'avait pas suffisamment réfléchi était la nourriture. Yougor espérait se ravitailler en cours de route chez l'habitant. Mais plus il pénétrait ce qui visiblement était une zone interdite, moins les fermes étaient habitées. À croire que les paysans avaient déserté les lieux en quatrième vitesse.

Ce matin-là, Yougor était entré dans un corps de bâtiment qui avait dû être le logement principal des fermiers. Sur la table en bois massif traînaient les reliefs d'un repas inachevé. Les paysans avaient visiblement fui dans la précipitation. La nourriture avait moisi. Le cidre, dans les bouteilles, était éventé. Yougor avait bu au goulot, retenant une grimace tellement le liquide qui lui coulait dans le gosier était infect. Dans la cour, les animaux vaquaient, à l'abandon. Des dindons coursaient des chatons. Des canards, des oies, des poules erraient en liberté. Sidaref ne se sentait pas le courage ni la force d'en tuer un pour le rôtir.

*

Loubia apprit la disparition de sa sœur aînée dans un accident de bus scolaire. La lettre que ses parents reçurent du ministère de l'Éducation précisait que l'accident s'était produit au cours d'une excursion organisée avec les élèves. Le car avait entièrement brûlé. Il ne restait rien de la jeune institutrice. Une formule de condoléances banale mettait fin au courrier. Une journée entière, Loubia pleura. Parce qu'ils n'en avaient pas la force, ses parents chargèrent la jeune fille de se rendre à Nardyl afin de récupérer les effets personnels de sa grande sœur.

Ce fut le concierge de l'immeuble de l'institutrice qui ouvrit la chambre avec un passe-partout, avant de se retirer. Loubia entra. Moins de dix minutes étaient à peine passées que le concierge remontait les escaliers. Il tendit à Loubia une lettre. J'oubliais, l'école de votre sœur m'a transmis cette lettre qu'a laissée pour elle un jeune homme quatre jours après sa disparition, je crois qu'elle vous revient… dit-il.

*

Siloé !

Grégoras vivait avec sa famille en bordure du village, dans une ferme dont ils étaient les métayers. Grégoras avait dix-sept ans le jour où survint l'incident à la Centrale. Il se trouvait dans le chai jouxtant le corps de ferme. Il s'occupait à nettoyer des tonneaux vides à l'aide de paille de fer. Il la passait et la repassait sur le bois, les doigts en sang.

Grégoras était un enfant *différent.* Né avant terme à la maison, il n'avait dû sa survie qu'à la chaleur animale d'une vache laitière malade. Allongée sur le flanc dans l'étable, beuglant à fendre l'âme, les pattes repliées sous elle, elle avait petit à petit rendu l'âme, transmettant à Grégoras le réconfort tiède que sa forte fièvre dispensait avec générosité. L'enfant avait été placé près d'elle par son père immédiatement après sa naissance, dans l'espoir qu'il se réchauffe un peu et meure paisiblement. Le père ne doutait pas que son fils prématuré expirerait dans les heures qui suivraient. Il ne connaissait pas un nouveau-né dans les fermes alentour qui, dans ce cas, ait survécu. Surtout, il ne voulait pas que sa femme, épuisée par l'accouchement – c'était son sixième enfant –, assiste à l'agonie. Grégoras avait passé la nuit blotti contre la génisse. Au matin, elle était froide. Le nourrisson avait emmagasiné la chaleur ainsi que les forces vitales de l'animal. Lorsque le père vint s'enquérir du sort de son fils, il fut surpris de le trouver encore vivant. Gesticulant de tous les membres. La voix claire et tonitruante. Affamé, Grégoras fut mis sous le pis d'une chèvre à côté d'un chevreau glouton. Sa bouche agrippa la mamelle. Il but le lait avec avidité.

Les premiers mois de sa vie, Grégoras les passa dans la cour de la ferme avec la volaille et les garennes. Il apprit seul à marcher. Personne ne s'occupa de lui. Enfant sauvage, il vécut ses années les plus heureuses avant de devenir l'homme à tout faire de la ferme. Il commença dès six ans à aider son père pour les récoltes, à s'occuper de la basse-cour et du nettoyage des outils. Jamais il n'alla à l'école. À quoi cela aurait-il servi ? Grégoras avait une case en moins. Son cerveau avait subi des dommages irréversibles.

Ce ne fut que vers l'âge de dix ans qu'il commença à articuler des mots. Puis il bégaya des phrases incomplètes. Grégoras bavait abondamment. Une salive qu'il ne maîtrisait pas et qu'il répandait partout sur lui et sur les autres.

Quand Grégoras décampa du chai après la deuxième explosion, il ne restait plus qu'un pan de mur, ainsi qu'une partie du faîtage en bois de chêne centenaire au-dessus de sa tête. La chance, la même qui lui avait permis de survivre lors de sa naissance, fit que c'était justement derrière ce pan qu'il se tenait à gratter les tonneaux quand l'incident s'était produit.

Grégoras vit une poule morte dans la cour. Il s'en approcha à pas de loup. Il shoota dedans. La poule retomba, flasque, à quelques mètres de lui. Grégoras recommença plusieurs fois. Réveille-toi ! criait-il entre chaque coup de pied. Enfin, le reste de la journée, il changea de tactique. Il tenta maladroitement de la faire marcher sur ses deux pattes.

La ferme était en ruine. Les animaux avaient disparu ou étaient morts. De ses parents, frères et sœurs, nulles traces. Quand les hélicoptères et les hommes vêtus de blanc survinrent, Grégoras s'enfuit dans la forêt. Il la connaissait comme sa poche pour l'avoir parcourue de long en large.

*

Siloé !

La *chose* était tombée sur le cul. Les fesses en plein sur un tas de vers de terre. La *chose* semblait hébétée et de forme vaguement humaine. Sven regarda ses poings encore dressés, puis le car, puis la *chose*, puis les vers. Il fut surpris par la multitude de lombrics qui gigotaient partout à la surface de la terre. Les bestioles s'agitaient comme il ne l'avait encore jamais vu. Habituellement d'une couleur rouge brique, elles avaient viré à l'orange. Certaines d'entre elles étaient d'un vert répugnant. De monstrueux paquets s'agglutinaient et formaient une montagne de chair vivante. Bizarrement, des vers s'attaquaient à leurs congénères, cherchant à les avaler. Il s'ensuivait une suite de contorsions visqueuses, alimentée par la masse grouillante des lombrics. Sven n'avait pas entendu dire que les vers de terre fussent cannibales.

Il les observait encore quand la *chose* se mit à quatre pattes. Elle était sale, teigneuse et vêtue de hardes puantes. La *chose* était chauve. Elle ne possédait plus ni sourcil ni cil. Sven remarquerait par la suite que plus un poil ne la recouvrait. Quand la *chose* leva la tête vers lui, Sven reconnut Grégoras. Deux torrents de bave coulaient de part et d'autre de sa bouche, traçant un sillon dans la saleté qui recouvrait son visage. Un signe distinctif aussi révélateur qu'un colimaçon d'ADN. Grégoras ? demanda Sven. La *chose* émit un grognement accompagné d'un sourire édenté. Dans la bouche une langue épaisse surnageait au cœur d'une mer de salive. Qu'est-ce qui t'arrive, Grégoras ? demanda Sven. Il s'accroupit et le prit par un coude afin de l'aider à se redresser. Tu m'as fichu une de ces trouilles, mon vieux, dit Sven en le relevant. Une fois sur ses pieds, Grégoras courut en direction du car sans que Sven ait pu le retenir. Il revint avec dans les bras un siège du car éventré, des ressorts à l'air libre. Tout sourire, il le tendit à Sven. Ah ! fit-il.

Je donne ce mot à une de vos collègues à l'école. Je la charge de vous le transmettre chez vous. Voilà quatre jours que nous sommes sans nouvelles de vous. Rappelez-vous, je vous ai croisée le matin de l'accident à la Centrale, quand vous partiez en car avec vos élèves pour justement la visiter. Je suis inquiet. Très inquiet. Bloqué à l'hôpital, je ne peux rien faire pour l'instant, mais si d'ici une semaine vous ne m'avez donné signe de vie, je vous promets de partir à votre recherche. Vous pouvez me téléphoner à l'hôpital ou m'écrire chez moi, je note l'adresse au dos de ce mot. Votre dévoué Yougor Sidaref, médecin à... Loubia relut pour la seconde fois le mot. Frappée de stupeur, les larmes lui vinrent aux yeux. Le ministère de l'Éducation avait écrit qu'il s'agissait d'un banal accident de la route. Ce mot envisageait au contraire que sa sœur se trouvait à proximité de la Centrale le jour de l'incident.

Siloé ! cria Sven pour l'énième fois.

Dans la cave d'Agreda, aucun signe de vie. Sven fouilla partout. Exténué, il se résigna à remonter à l'air libre. Dehors, Grégoras attendait son compagnon. Souvent Sven était allé à la ferme des parents du jeune homme pour acheter des œufs ou un poulet à rôtir. Siloé ? articula péniblement Grégoras.

Sven et Grégoras cherchaient Siloé dans les rues désertes du village. Tous les vingt pas, Sven criait le nom de sa sœur. Grégoras reprenait en écho les appels du garçon. Une salve de postillons fusait en éventail, maculant le devant de sa chemise raide de crasse. Ils croisèrent en chemin des oiseaux morts au pied d'une poutrelle en acier. Grégoras s'accroupit pour les examiner. Quand il se releva, il pleurait. C'est un Grégoras en larmes qui rattrapa Sven. Oiseaux, pas vie, dit-il.

Mais Sven ne l'écoutait pas. Il cherchait Siloé. Où donc pouvait-elle être ? Siloé ! s'époumona-t-il. Siloé… crachota Grégoras.

Un chat pouilleux réveilla Siloé. Le matou se frotta à la fillette, laissant quantité de poils gris clair sur ses habits. Sa queue chatouilla la pointe du nez de Siloé. La fillette éternua et le chat fila sans demander son reste.

Sven ? murmura Siloé. La pluie, maintenant tiède, tombait sans discontinuer. Huileuse, elle collait à la peau. Siloé se leva. Elle défroissa ses habits et, très fort, cria : Sven !

Grégoras entendit le premier l'appel de Siloé. Il s'agita drôlement pour attirer l'attention de son compagnon, qui s'employait à fouiller l'intérieur d'une maison en ruine. Quoi ? demanda Sven. Grégoras gesticula de plus belle. Il moulina des bras. Grimaça. Mima une danse du scalp. Roula des yeux. Incapable de parler, tellement il était excité. Eh bien ! quoi ? s'écria Sven. Ne sachant plus par quel moyen se faire comprendre, Grégoras choisit une méthode radicale. Il se fit pipi dessus. Si ce n'était pas une solution immédiate à son problème de communication, au moins il se sentit soulagé.

*

La pluie n'avait pas cessé une seule seconde. Une pluie graisseuse qui engluait tout ce qu'elle touchait. Les chemins de traverse étaient boueux et quasiment impraticables. La veille, Yougor Sidaref avait choisi de quitter l'abri de la forêt pour une route carrossée, au risque d'être à découvert. Durant une paire d'heures, il avait marché sans rencontrer âme qui vive, se moquant de lui-même, de son anxiété exagérée, de sa peur de se retrouver nez à nez avec un barrage militaire. Au détour d'un tournant, Yougor avait soudain aperçu un véhicule à chenillettes, accompagné d'une dizaine de soldats marchant en rang derrière lui. Il avait juste eu le temps de se jeter dans le fossé, de ramper sur plusieurs mètres avant de courir dans le sous-bois pour se mettre à l'abri. La colonne était passée à portée de voix sans, espérait-il, avoir détecté sa présence. Après que son cœur s'était calmé, que sa respiration avait repris son rythme normal, Yougor décida de repartir. Il ne quitta plus les bois et les prés.

De toutes parts, des fondrières avaient été creusées par la pluie. Sidaref pataugeait dans la boue. Les chaussettes trempées. Les jambes du pantalon alourdies par des kilos de terre. L'aube naissait lorsqu'il distingua l'ombre d'un animal dans un pré. Ce qu'il crut être un cheval se révéla – alors que Yougor s'approchait en prenant soin de ne pas se faire remarquer, qu'il maudissait l'horrible bruit de succion produit par ses pieds quand, à chaque pas, il les retirait de la gangue bourbeuse – se révéla donc, être une ânesse.

Yougor fut pris de fringale. Depuis vingt-quatre heures il n'avait rien avalé de solide. La pluie dressait un rideau devant le couple atypique qu'il formait avec l'ânesse. La bête s'arrêtait tous les dix pas. Elle broutait et repartait. L'homme s'adaptait. Il marquait les mêmes pauses. Lui aussi aurait voulu pâturer. Mais il doutait que son estomac digère de l'herbe. Il inspecta les champs autour de lui. Malheureusement, il ne vit rien de comestible. L'idée saugrenue de tuer l'ânesse et de manger sa chair lui traversa l'esprit. Outre qu'il n'aurait pas su s'y prendre pour la tuer – il était médecin et sauvait des vies, pas le contraire –, il ne se sentait pas le courage de lui faire du mal. Je vais monter sur toi, et nous allons partir ensemble vers cette satanée Centrale, et si tu refuses ou tentes de me balancer par-dessus bord… je te bouffe ! menaça-t-il, sachant qu'il n'en ferait rien. Yougor souleva une jambe. La posa sur l'échine de l'ânesse dont la peau frissonna. La position était inconfortable, mais prudente. Il porta tout son poids sur cette jambe. Fléchit l'autre. Compta jusqu'à cinq. Puis, poussa. Yougor se retrouva à califourchon. Une nouvelle fois la peau du dos de l'animal frémit. Les yeux clos, Sidaref attendit le moment où il serait catapulté d'un coup de reins et se retrouverait allongé de tout son long dans la bouillasse. L'ânesse, flegmatique, continua de brouter sans se soucier de son bagage humain. Elle redressa l'encolure et repartit de l'avant. Yougor n'avait jamais autant serré les fesses. Les bras raides, à la limite de la crampe. Les mains agrippées à la crinière. Trempés comme une souche, ils disparurent sous la pluie.

*

Après sa cheville, la jambe de Siloé avait enflé au point de doubler de volume. Était-ce dû à l'humidité ? Cette pluie ininterrompue avait-elle un effet sur la blessure ? Y avait-il un rapport entre l'incident de la Centrale et l'état de la fillette ? Ainsi que sur la perte simultanée des dents et de la pilosité de Grégoras ? De même, les cheveux de Sven recommençaient de tomber par poignées. Il ne lui restait plus qu'une ridicule touffe sur le sommet du crâne. Il avait beau tâter, presser ou soupeser la jambe de sa sœur, Sven ne trouvait aucune solution et encore moins de remède. Simplement, il avait imposé à Siloé de la mettre en hauteur, le pied en appui sur une botte de foin. Ça pique ! se plaignit-elle. La blessure suppurait. Sven l'essuyait régulièrement avec un chiffon douteux qu'il lavait dans un broc rempli d'eau de pluie.

Sven se demandait s'il avait bien fait de ne pas révéler leur présence. De se cacher quand les hommes en blanc avaient sillonné le village. Il n'avait pas répondu à leurs appels. Il avait vu, le premier jour, s'entasser des gens dans une sorte de fourgon militaire. Il avait remarqué comment les hommes en blanc les poussaient sans ménagement. Il avait eu peur. Où les emmenait-on ? Pourquoi les pressait-on ainsi ? Qui étaient ces hommes en blanc ? Mais, d'autre part, Sven regrettait pour sa sœur. À l'heure actuelle, Siloé serait soignée dans un hôpital. Sa jambe n'aurait pas doublé de volume. La petite ne serait pas secouée de tremblements par une fièvre qui la rendait écarlate et transpirante. Jusqu'au jour de l'incident, un sentiment d'invincibilité animait Sven. Les bains dans le lac, son autonomie et l'aplomb qu'il avait face aux adultes l'entretenaient dans son illusion d'invulnérabilité.

Ne pas donner à Siloé des signes de sa fragilité à l'instant où elle avait le plus besoin de lui. Sven se devait d'être fort à défaut d'être courageux. Grégoras ! appela-t-il. Dans le lointain, un hélicoptère passait au-dessus de la Centrale détruite. Chaque jour, tôt le matin et à peu près à la même heure, un hélicoptère effectuait des rotations dans le périmètre de l'incident.

Une heure plus tôt, dans une rue du village, Grégoras et Sven avaient découvert une Siloé hagarde. Elle était tombée dans les bras de son frère et avait éclaté en sanglots. Jure-moi de ne plus jamais m'abandonner, avait-elle bredouillé dans son cou. Grégoras s'était timidement approché. Grégoras… avait-il murmuré, quand Siloé s'était détachée de son frère. Grégoras… avait-il répété. Enfin, n'y tenant plus, il avait pris Siloé dans ses bras. Il l'avait entraînée dans une espèce de gigue improvisée. Fais attention à sa cheville ! avait grondé Sven. Grégoras s'était accroupi pour mieux voir. Flattée de tant d'attention, Siloé avait allongé sa jambe. Pas mal, hein ? avait-elle dit. Comme s'il s'était agi d'une performance et que la blessure fût sa récompense.

Immédiatement après leurs retrouvailles, Sven avait décidé de se rendre à la ferme de Grégoras. Il ne voyait plus l'utilité de demeurer au village. Il lui faudrait bientôt partir à la recherche de nourriture. Les vivres manquaient. Dans la cave d'Agreda, ils avaient fini par pourrir. Dans les rues et les décombres, les animaux errants se les étaient appropriés. Il n'était pas rare de croiser une bande de chats pouilleux plus agressifs que des tigres. Sven n'avait aucune intention de leur faire concurrence. Peut-être, à la ferme de Grégoras trouveraient-ils quelque part des patates ou du maïs ou encore des volailles. Sven rêvait d'une cuisse de poulet grillé à se mettre sous la dent.

Grégoras avait trimballé Siloé sur son dos tout le temps qu'il avait fallu pour rejoindre la ferme. En chemin, il avait été successivement cheval, girafe, hippopotame et orang-outan. Mais le rôle dans lequel il excellait n'était autre que le sien. Celui d'un Grégoras un peu cinglé, un peu simplet et complètement dévoué à la fillette. Siloé l'avait adopté dès le premier instant. Il la faisait rigoler. Il avait un rire communicatif. Et, surtout, ne semblait pas aussi préoccupé que son frère qui, en arrivant à la ferme, avait découvert un vaste champ de désolation. Seul un mur du chai avait résisté. La maison et les autres corps de bâtiment n'étaient que ruines. Des animaux en putréfaction jonchaient le sol. Chez moi ! s'était écrié joyeusement Grégoras. Avec précaution, il avait fait glisser Siloé de son dos. Sven avait avisé, disséminés un peu partout, des poutres, des volets, des bottes de paille. Nous allons faire un abri à partir de ce mur pour nous tenir au sec, avait-il dit en montrant du doigt le chai à moitié détruit. Grégoras avait sauté de joie, battu des mains puis soulevé de terre Siloé pour la conduire près de son frère. La fillette avait eu un fou rire, repris en écho par son chevalier servant.

Au même instant, Yougor pénétrait dans la zone interdite. Il était bravement juché sur son ânesse avec qui il entretenait maintenant une relation de confiance. Alors qu'il s'approchait du but, une petite voix intérieure ne cessait de lui répéter qu'il commettait une énorme bêtise. Yougor résistait à l'envie de faire demi-tour. Son instinct de conservation lui criait de fuir la zone interdite. La science, qu'il chérissait tant, lui dictait toutes les raisons valables d'abandonner cette folie. Pourtant, Yougor sentait en lui une volonté nouvelle. Non, il ne fléchirait pas. Il avait bien l'intention d'aller jusqu'au bout. Au bout de quoi ? se demanda-t-il. De lui-même, peut-être.

Si seulement la faim ne lui tenaillait pas l'estomac, il aurait pu se croire entraîné dans une formidable aventure. Yougor n'était plus le médecin hospitalier de Nardyl. Ses habits détrempés, son visage sale, ses pantalons crottés, sa veste déchirée et son regard illuminé par le manque de sommeil contribuaient à en faire un desperado. Il ne s'était jamais senti aussi heureux que sur ce baudet. À demi vagabond. À moitié mort de fatigue. Surplombant la route, il vit un véhicule militaire déboucher au tournant d'un virage. Il s'arrêta sur le bas-côté. À son grand étonnement, Yougor aperçut une jeune femme sortir de la voiture et courir à l'abri d'une futaie.

Sven souleva la dernière botte. Il la posa sur la pile. Elle formait, avec d'autres, les piliers de l'armature qui accueillait un toit de fortune. Des volets, des planches, des bâches étaient cloués sur des poutres prenant appui sur les bottes de paille. Grégoras avait été chargé de recueillir ce bric-à-brac hétéroclite. Il avait accompli sa mission avec le sérieux d'un entrepreneur en travaux publics. Siloé se tenait à l'abri sous une tente improvisée. Sa jambe continuait de gonfler et la fièvre de monter. Par moments, elle sombrait dans un sommeil éclair. Son menton piquait sur sa poitrine. Ses paupières papillonnaient. Benjamin venait alors lui rendre une petite visite et lui poser quelques questions.

C'est qui le type ? demanda le rat. Celui qui a l'air d'une courge avec un rire imbécile et de la bave qui lui coule sur le menton… précisa-t-il. Siloé lui expliqua qu'il s'agissait de son ami Grégoras, avant de se réveiller en sursaut. Sa jambe la lançait. Elle grimaça. Grégoras passa près d'elle, un volet dégondé entre les mains. Il s'en fit aussitôt une voile. Grégoras devint un bateau naviguant sur les flots. Siloé applaudit. Puis, la fatigue la rattrapa. L'est pas un peu frappadingue, ton copain, demanda Benjamin, visiblement jaloux. Siloé haussa les épaules. Se faisant, elle glissa sur le côté et se réveilla à nouveau. Grégoras l'aida à se redresser. J'aime pas les rats, dit-il mystérieusement. Il partit en quête d'une porte aux trois quarts brisée. La fillette ferma les yeux. S'il n'aime pas les rats, moi j'aime pas les fous, cracha Benjamin. Il est gentil, le défendit Siloé. Le rat escalada sa jambe malade. Siloé poussa un cri. Grégoras, la porte sur le dos, vint la rejoindre. Mal ? demanda-t-il. Siloé fit signe que non. Elle se voulait forte. Bon, fit Grégoras, et il s'éloigna. Moi, je me méfierais à ta place… les mous du cervelet, on peut pas leur faire confiance, dit Benjamin. Siloé ne savait pas ce qu'était un cervelet, elle répondit au rat : Il n'aura qu'à le muscler…

*

J'avais une de ces envies de faire pipi… ça fait du bien, dit Loubia en remontant dans la voiture. Tu n'as pas envie ? demanda Loubia. Stefan enclencha une vitesse et démarra. Non, répondit-il, laconique.

Le matin même, Stefan avait fait la connaissance de Loubia alors qu'il accompagnait un condisciple militaire à la gare de Nardyl. Loubia attendait son train pour rentrer chez ses parents.

Chargée de colis, elle faisait les cents pas dans le hall central. Un des paquets lui avait échappé des mains. Stefan s'était précipité pour l'aider à le ramasser. De fil en aiguille, Loubia lui avait raconté l'histoire de sa sœur. Du car. De la lettre. Stefan, qui était affecté à la protection de la zone interdite, le dit à Loubia en exagérant un peu ses responsabilités. Il comptait sur le prestige de l'uniforme pour séduire la jeune fille.

Loubia passa une demi-heure à convaincre Stefan de la conduire en voiture jusqu'à la Centrale. Elle usa de ses charmes. De toutes ses larmes. Elle parla avec tendresse de sa sœur. Elle voulait en avoir le cœur net. Savoir. Et puis, avec toi, je me sentirai en sécurité, après tout tu es un soldat, non ? avait-elle minaudé. Le militaire, qui au début faisait la sourde oreille, se laissa tenter. Ce n'était l'affaire que d'une demi-journée. Et puis cette fille était gentille. Mignonne aussi, ce qui ne gâchait rien. D'accord, avait-il dit, mais ce soir, sans faute, je vous ramène à la gare.

Comme la majorité des soldats affectés dans le périmètre de la zone interdite, Stefan n'avait pas été prévenu des risques et des effets secondaires qu'il encourait à s'exposer sur le terrain. Ce fut sans crainte qu'il ouvrit la portière de la voiture à Loubia, ravi de passer un après-midi en compagnie d'une ravissante jeune femme.

*

Siloé dormait. L'aube nappait l'horizon d'une crème violette qu'elle délayait dans le petit lait du matin. Grégoras était lové en chien de fusil à côté de la sœur de Sven, gardien de sa tranquillité. Des gouttes de sueur perlaient sur les tempes de la fillette. Les veines de sa jambe saillaient sous la peau, verdâtres et noueuses. Du bout de l'index, Sven caressa l'une d'elles. Elle était épaisse et dure. Il la suivit sur quelques centimètres. Il sentait battre le sang à l'intérieur. Un sang qu'il devinait lourd et chargé d'humeurs. Sven eut le pressentiment d'un malheur imminent. S'il n'agissait pas, Siloé mourrait. Frappé par l'évidence, il eut un mouvement de recul et tomba sur le cul.

Sven dévisagea attentivement sa sœur. Il détailla chaque centimètre carré de son visage. Il s'attendrit devant l'expression délicatement crispée qu'elle avait prise dans son sommeil. Il revit Siloé, chouchoute de ses parents, qui lui tirait la langue, lui pinçait le bras, lui arrachait les cheveux. Que n'aurait-il pas donné pour revenir en arrière… Sven se leva d'un bond. La pluie ne cessait pas. Fine. Pénétrante. Mauvaise.

Il fallait faire quelque chose. En une fraction de seconde, il décida de transporter Siloé à la Centrale. Elle devait être secourue. Sa sœur devait être prise en charge par des adultes. Sven espérait que l'hélicoptère – il survolait la Centrale chaque matin – viendrait à leur secours. Il leur restait à peine une heure, peut-être deux, pour se rendre sur place. S'ils n'arrivaient pas à temps, ils devraient attendre le lendemain matin. Sven réveilla Siloé, puis Grégoras. Sans donner d'explications, il chargea sa sœur à califourchon sur son dos.

Quand ils passèrent en voiture devant ce qui ressemblait à une ferme dévastée par un ouragan, Stefan et Loubia virent un petit groupe d'enfants qui s'apprêtait à lever un camp improvisé. Mais ? qu'est-ce que… souffla Stefan. Il freina brusquement.

Yougor se résigna à rejoindre la route au risque d'être découvert. Il descendit de sa monture. Il marcha longtemps à ses côtés avant de tomber sur un croisement. Un des panneaux de signalisation indiquait la direction de la Centrale. Un autre interdisait de s'y rendre – sous peine de mort. Yougor, qui depuis quelques heures n'avait plus pensé à la raison première de son aventure, revit l'institutrice lui faire signe avant de monter dans le car. Il sentit peser sur ses épaules toute la vanité de son expédition.

Abandonner son poste de médecin à l'hôpital et prendre tant de risques pour une quasi-inconnue, n'était-ce pas d'une rare inconséquence ? Yougor se sentait à la fois fier et un parfait imbécile de s'être laissé aveugler par une chimère. L'institutrice était sans aucun doute morte dans l'incident. Qu'est-ce donc qui l'avait poussé à agir ainsi ? Le braiment de l'aînesse le ramena à la réalité. L'animal inclina sur la gauche. Ses pattes entraînèrent son corps et il prit la direction opposée à la Centrale. Tu me quittes ? demanda Yougor. L'ânesse lui lança un regard d'une tristesse infinie. Elle s'ébroua et souleva sa queue. Une avalanche de boulets d'un crottin fumant tomba entre ses postérieurs. Ce fut sa seule contribution au questionnement de Yougor. Une fois soulagée, l'ânesse partit au petit trot sans se retourner.

*

Yougor Sidaref peinait à gravir la côte. À cet endroit précis, la route prenait de la hauteur avant de s'ouvrir en contrebas sur la plaine. Au nord, la Centrale. À une encablure à l'ouest, il y avait le lac asséché qui, autrefois, reflétait le ciel sur le miroir de ses eaux tièdes. Son estomac gargouillait. Les pieds de Yougor pesaient des tonnes. Ses jambes ne lui obéissaient plus. De nombreuses fois, il avait failli tomber. Yougor ne s'était pas alimenté depuis quarante-huit heures, buvant seulement dans les flaques les plus claires une eau au goût de pétrole. À une foulée du sommet de la côte, ses jambes cédèrent. Yougor s'affaissa sur lui-même. Assis en tailleur, il essaya de reprendre son souffle. Sa respiration était hachée. Un point de côté tenaillait son flanc droit. Un éclair lui vrilla le cerveau. Il crut que sa tête allait exploser. Yougor s'évanouit, les bras croisés, dans une position proche du yogi en méditation. La pluie s'infiltra librement dans son cou. Cinq minutes suffirent pour que Sidaref se transformât en une loque humide.

Sven avait hésité à fuir en voyant le véhicule militaire stopper net, et une femme en sortir. À califourchon sur son dos, sa joue reposant sur son épaule droite, Siloé s'était rendormie. Sven sentait la chaleur de la fièvre se propager sur sa peau. Siloé pesait si lourd pour une petite fille. Son frère avait compris qu'il n'avait aucune chance d'aller très loin. Quant à Grégoras, voyant Loubia courir dans sa direction, il l'avait imitée. Il avait galopé vers la jeune femme les bras écartés. Sans savoir pourquoi, il était heureux.

Une étrange masse noire traversa la chaussée. Elle se déplaçait à hauteur d'homme dans un mouvement tantôt ascendant tantôt descendant.

Son vol s'accompagnait d'un sinistre vrombissement. La masse s'approcha de Yougor, évanoui et trempé comme une souche. Son corps avait glissé sur le côté. Il se tenait dans une position curieuse et inconfortable. Son coude droit en étai l'empêchait de s'étaler de tout son long sur le bitume. La masse bourdonnante passa au-dessus de lui avant de s'abattre d'un coup. Elle absorba le jeune médecin. Yougor disparut, happé par le magma en effervescence d'une gigantesque nuée de mouches noires.

Stefan prit la situation en main. Sven venait de lui révéler son histoire. Loubia et Siloé s'étaient mises à l'abri de la pluie derrière le mur du chai. Grégoras allait et venait. Il ramassait un bout de bois. Le jetait et repartait. Stefan avait examiné la blessure de la petite fille. La peau de sa jambe avait pris un aspect craquelé et cartonneux. La plaie de sa cheville avait disparu sous un bourrelet de chair violacée. On ne distinguait plus la malléole. La fièvre semblait forte. Siloé transpirait abondamment. Pourtant, ses lèvres étaient sèches. Elle ne parlait pas. Ses yeux vitreux se perdaient dans une fixité inquiétante. Il fallait la soigner immédiatement. Nous allons la transporter à l'infirmerie du régiment, dit Stefan. Sven ne savait pas s'il fallait accepter la proposition. Il craignait cet homme en uniforme. Mais le jeune âge du militaire le rassurait aussi.

Combien de temps ? demanda-t-il. Stefan réfléchit quelques secondes, ne voulant pas se tromper dans son estimation. Deux heures, tout au plus, mais ne tardons pas, il faut y aller… répondit-il. Loubia, qui avait entendu la conversation, s'était levée. Elle tenait Siloé dans le creux de ses bras. Montons dans la voiture ! ordonna Stefan.

Ils s'installèrent dans le véhicule. Siloé allongée sur la banquette arrière, la tête sur les cuisses de Sven et les jambes sur celles de Grégoras. Stefan mit le moteur en marche. Il démarra sur les chapeaux de roues. Il s'engagea à rebrousse-poil sur la route qu'il avait prise pour arriver jusque-là. Pied au plancher.

La voiture filait à toute allure. Loubia pensait à sa sœur. Elle n'avait pas demandé aux jeunes gens s'ils l'avaient vue. Elle n'osait pas. L'état de Siloé lui paraissait être la priorité. Plus tard, elle se renseignerait. Stefan réfléchissait. Quelle explication allait-il donner à ses supérieurs ? Il allait débarquer sans prévenir avec trois enfants. Un dingue. Une petite fille blessée. Et son frère. Sven caressa le front perlé de sueur de sa sœur. Il passa les doigts dans ses cheveux collés. Dégagea les tempes. De temps à autre, il appelait Siloé par son prénom. Doucement. Tendrement. Il n'obtenait aucune réponse. Siloé et Benjamin étaient en grande discussion.

Benjamin affirma qu'il avait vu passer dans le ciel un essaim de mouches noires. Siloé lui dit qu'il avait rêvé. Je ne suis pas fou ! s'offusqua le rat. Non, mais tu n'existes pas, répondit la fillette. Si je n'existe pas, alors comment cela se fait-il que nous nous parlions ? contra Benjamin. C'est parce que moi aussi, je n'existe presque plus… répliqua Siloé. Grégoras était pétrifié de terreur. La jambe de la fillette sur sa cuisse l'épouvantait. Il aurait voulu sauter par la fenêtre. Disparaître loin de cette jambe enflée. Il avait enfoui ses mains sous ses fesses pour ne pas avoir à la toucher. Grégoras aimait Siloé, mais pas sa jambe. Il tourna la tête vers la droite. Il prit le parti de regarder le paysage qui défilait sous ses yeux.

Des mouches dans les narines. Des mouches dans les oreilles. Des mouches sur les paupières. Des mouches et encore des mouches. Yougor les sentit qui montaient à l'assaut de son corps. Était-ce un rêve ? Où était-il ? Pourquoi ne parvenait-il pas à ouvrir les yeux ? Au prix d'un effort surhumain, Yougor réussit à remuer un bras. Le nuage de mouches s'éleva un instant avant de fondre à nouveau sur lui. Il faut que je bouge, pensa Yougor. Il se remémora les cas de catalepsie qu'il avait étudiés durant ses cours en faculté de médecine. Comment réagir ? Comment sortir de cet état de léthargie ? Je vais être dévoré par des mouches, songea-t-il. Cette idée le révolta. D'un seul élan, comme si un ressort interne se débandait soudain, Yougor se leva en écartant les bras. Ses jambes flageolèrent. Il se sentit partir sur le côté. L'essaim de mouches grimpa dans les airs. Yougor ouvrit les yeux. À une vingtaine de mètres de lui, de l'autre côte du méplat qui marquait la fin de la montée, il entrevit l'avant d'une voiture qui fonçait droit sur lui.

La voiture filait à toute allure. Stefan ne comprit d'abord pas. Une boule noire s'élevait dans le ciel. C'est quoi ce truc ? s'écria-t-il. Loubia s'était au même moment retournée vers les enfants assis sur la banquette arrière. Sven réconfortait Siloé en lui parlant à l'oreille. Grégoras continuait de fixer le paysage. Stefan baissa les yeux, laissant la nuée de mouches s'envoler sur sa droite. Ce fut à cet instant qu'il vit l'homme, debout en plein milieu de la route, les bras et les jambes écartés. Bon sang ! hurla Stefan. Il donna un violent coup de volant. La voiture fit une embardée. Les jantes heurtèrent le bas-côté. L'auto partit en tonneaux dans un champ mitoyen. Elle finit par s'immobiliser sur le toit. Les quatre roues tournèrent dans le vide, puis s'arrêtèrent. Le calme revint. Seulement troublé par le vrombissement en *diminuendo* des mouches qui s'éloignaient vers l'est.

*

Le feu crépitait. Il n'avait pas été aisé de trouver du bois sec. Par chance, la pluie avait cessé. Le ciel se dégagea progressivement. Une main invisible fila les nuages jusqu'à ce qu'ils se diluent et ne laissent imprimer sur l'horizon que leur souvenir.

Grégoras et Loubia furent chargés de ramasser le petit bois pour faire démarrer le feu. Ces deux-là n'étaient pas gravement blessés. Quelques bosses. Quelques ecchymoses. Grégoras savait où trouver du bois plus ou moins sec. Il entraîna Loubia dans la forêt. Ils arrivèrent à l'endroit où le bus avait fini sa course folle après l'explosion de la Centrale. La pluie ayant amolli la terre, le car avait glissé et n'était plus planté, le nez enfoui dans le sol. Il avait basculé sur le flanc. Dessous… dit Grégoras. Il chercha. Creusa. Et finit par extirper une brassée de bois concassé par l'engin et tenu à peu près à l'abri sous la tôle. Dans ses fouilles, Grégoras découvrit une drôle de casquette. Il essuya la visière en celluloïd et voulut la poser sur la tête de Loubia. Pour toi, dit-il. Il fut étonné quand la jeune fille fondit en larmes. Ce car avait conduit sa sœur à la Centrale. C'était dans ce car qu'elle était morte. Loubia n'en doutait plus. De dépit, Grégoras se coiffa avec la casquette. Il prit le bois dans ses bras et partit, vexé. Loubia ne le suivit pas. Elle resta longtemps, absente, le regard dans le vide.

Elle ne rejoignit le petit groupe qu'à la nuit tombée. Le feu lui servit de point de repère pour retrouver son chemin dans la forêt.

Yougor avait assisté en spectateur impuissant à l'accident. Dès que la voiture s'était immobilisée dans le champ, il avait porté secours à ses occupants. Péniblement, il avait enjambé le bas-côté. Se prenant les pieds dans une racine, il avait lourdement chuté avant de se relever et d'arriver enfin près du véhicule. Il s'était agenouillé pour regarder à l'intérieur. À l'avant le conducteur saignait de la tête. La passagère n'avait pas de blessures apparentes. À l'arrière, deux garçons gisaient l'un sur l'autre, étroitement mêlés. Yougor avait eu un moment d'hésitation, ne sachant qui aider en premier. Une minute plus tard, l'un des deux garçons à l'arrière s'était extirpé par une fenêtre. Il s'était assis et se frottait le crâne. Ça va ? avait demandé Yougor. Grégoras l'avait regardé, ahuri. Il avait trouvé la force de sourire. Le second ne bougeait pas. Sidaref avait tenté d'ouvrir la portière arrière. Il avait pris appui contre la tôle avec ses pieds, saisi entre ses deux mains la poignée et tiré de toutes ses forces. Dans un bruit de ferraille, la portière avait finalement cédé. Yougor avait réussi à déloger Sven de l'habitacle. Il l'avait allongé dans l'herbe. Puis, il avait renouvelé l'opération avec Loubia et Stefan. Les habits du militaire étaient tachés par le sang qui coulait d'une plaie à l'occiput. Loubia avait repris connaissance. Que nous est-il arrivé ? avait-elle demandé. Yougor lui avait fait signe de rester tranquille, de ne pas s'agiter. Il avait examiné la coupure dans le cuir chevelu de Stefan. Elle était superficielle. Ce n'est rien, avait-il dit à Loubia, qui le questionnait du regard. Sven gémissait. Yougor l'avait ausculté à son tour. Pas de coupures. Pas d'os brisés. Il avait palpé le ventre et senti une résistance à hauteur de l'abdomen. La paroi était dure et défensive. Il avait appuyé un peu plus fort. Sven avait gémi à nouveau. Certainement une hémorragie interne, avait diagnostiqué le médecin. Grégoras, en se levant, avait eu un vertige. Il avait vacillé sur ses jambes. Doucement ! Doucement… lui avait conseillé Yougor. Loubia, à son tour, se levait. Elle s'était approchée de Stefan qui ouvrait les yeux. Mon Dieu, avait-il marmonné entre ses dents. Soudain, un cri. Grégoras courait en direction du fossé. Siloé ! Siloé ! hurlait-il.

Seules les langues orangées et ondoyantes du feu lacéraient la nuit noire. Six silhouettes se détachaient, éclairées par les flammes. Deux d'entre elles avaient été installées sur des brancards de fortune. Le petit groupe se tenait au centre du cratère qu'avait creusé l'explosion. Yougor avait choisi cet emplacement afin d'être bien visible lorsque, le lendemain matin, l'hélicoptère survolerait la zone. Stefan et lui avaient décidé, comme l'avait fait la veille Sven, de se rendre sur les lieux de l'incident pour que les militaires les récupèrent. Quand Siloé avait été découverte, inconsciente dans le fossé après avoir été éjectée de la voiture lors de l'accident, Yougor avait immédiatement remarqué sa jambe et conclu à une septicémie.

Dans le fossé, Siloé respirait. Elle était simplement choquée et terriblement fiévreuse. Aide-moi ! avait commandé Yougor à un Grégoras paralysé. Bouge-toi, bon sang ! s'était impatienté le docteur. Ils avaient marché de longues heures. Stefan et Yougor transportaient Sven sur un brancard bricolé sur place avec les moyens du bord. Grégoras et Loubia s'occupaient de Siloé, elle aussi installée sur une civière improvisée. Quand ils étaient enfin parvenus à destination, Sven avait été pris de convulsions avant de sombrer dans le coma. Il faut qu'il soit opéré dans les vingt-quatre heures, sinon… avait pronostiqué Yougor. Grégoras s'était assis à côté de Sven. Il lui avait pris la main et chanté une berceuse qu'il inventait au fur et à mesure.

*

Grégoras n'avait pas fermé l'œil de la nuit. Les autres s'étaient endormis très tard. Ils n'étaient pas encore réveillés. En observant l'hélicoptère qui s'approchait, Grégoras eut peur. Il n'aimait pas cette espèce de coléoptère d'acier. Il avait toujours eu une sainte frayeur de ce qui volait et pouvait fondre sur lui sans prévenir. Avec les pieds, il tenta d'éteindre le feu qu'ils avaient alimenté une partie de la nuit avec des branches récoltées en lisière de la forêt. Non, Grégoras ne voulait pas que la bête le pique. Il ramassa une pierre. L'hélicoptère les survola une première fois. Après un virage à l'ouest, il revint à l'aplomb du petit groupe. Son vol stationnaire souleva un nuage de poussière.

Stefan était allé ramasser du bois à l'orée de la forêt. Sa tête – du sang séché collait ses cheveux – battait tambour. La migraine ne l'avait pas quitté de la nuit, lui interdisant de trouver le sommeil. Il s'était résolu à alimenter le feu pendant que ses compagnons dormaient. Depuis quelques heures, il se posait la question de savoir s'ils avaient bien fait. Une remarque lui était revenue à l'esprit. Celle d'un sous-officier qui, un jour, avait dit : Tu penses… s'ils ne veulent pas que les types pénètrent dans la zone interdite, ils veulent encore moins qu'ils en sortent… Qui étaient ces *ils* ? Stefan n'avait pas de réponse. Il avait toujours eu une confiance pleine et entière envers ceux qui le commandaient. Plus encore envers ceux qui dirigeaient le pays. Ces gens-là savaient ce qu'ils faisaient. L'hélicoptère effectua un vol stationnaire au-dessus du groupe. Stefan le vit descendre très bas. Il vit aussi Grégoras jeter quelque chose en direction de l'appareil.

Loubia avait veillé toute la nuit sur Siloé. La fillette s'était réveillée deux fois. Loubia lui avait tenu la main. Elle l'avait réconfortée. La petite était très pâle. Loubia et elle avaient pris position un peu à l'écart du foyer pour ne pas aggraver la fièvre de Siloé. Quand l'hélicoptère apparut, Loubia se prit à espérer. Enfin, on allait leur porter secours. Elle se leva et fit de grands signes. Elle vit Grégoras qui avait pris une pierre dans la main. Il s'apprêtait à la jeter sur l'hélicoptère. Arrête ! cria-t-elle. Elle entrevit Stefan qui courait dans leur direction, les bras encore chargés du bois. Nous sommes sauvés, pensa-t-elle.

Yougor avait craint le pire pour Sven. Toute la nuit il avait contrôlé l'état de santé du jeune homme. Ses yeux le piquaient. Malgré la chaleur du feu, il tremblait de froid. Le manque de nourriture, la peur et le devoir de faire tout son possible pour le jeune garçon l'avaient maintenu entre la veille et le sommeil. Une joie immense le traversa quand l'hélicoptère les survola. Il dit à Loubia de rester auprès de Siloé, avant de se précipiter vers Grégoras qui lançait la pierre qu'il venait de ramasser. Non ! Grégoras ! hurla-t-il.

Sven flottait dans un brouillard épais. Son ventre ne le faisait plus souffrir. Il sentait vaguement la présence d'une personne à ses côtés. Qui était-ce ? Grégoras ? Siloé ? Un bruit sourd et répétitif le sortit de l'état d'inconscience où il se trouvait. *Tchakatchak. Tchakatchak.* Sven ouvrit les yeux. Un faisceau de lumière vive l'éblouit. La douleur dans son ventre revint instantanément et lui arracha un cri. Il eut le temps d'apercevoir un inconnu près de lui. Cet homme se leva et parla à quelqu'un avant de crier. Il reconnut le nom de Grégoras avant de replonger dans la torpeur.

Les rats sautèrent à terre, laissant un des leurs aux commandes de l'hélicoptère. Siloé vit Benjamin à leur tête. Il se dirigeait vers elle, un grand sourire derrière ses moustaches. Alors ma belle, voilà la cavalerie qui vient à ton secours ! plaisanta-t-il. C'est toi Benjamin ? demanda Siloé. Qui veux-tu que ce soit d'autre ? Un de ces empotés de minets tout juste bons à ronronner et à se faire gratouiller le gras du bide ? lui répondit-il. Comment as-tu fait ? dit Siloé, éberluée. C'est tout simple, ma belle : j'ai volé à ton secours avec quelques-uns de mes amis, et maintenant tout va bien se passer, tu vas guérir, et quand tu seras remise, tu m'offriras, à moi et à mes copains rats, le plus gros morceau de fromage du monde… ça te va ? proposa le rat. Tu es merveilleux ! s'écria Siloé. Parce que tu en doutais ? ironisa Benjamin. Il regarda Sven allongé et les autres qui l'entouraient. Dommage qu'ils ne me voient pas, pensa-t-il, un instant avant de recevoir sur le sommet du crâne une pierre lancée par Grégoras.

Tchakatchak. Tchakatchak. Le bruit caractéristique des pales d'un hélicoptère. *Tchakatchak. Tchakatchak.* Quand il apparut à l'horizon, l'aube se levait à peine. *Tchakatchak. Tchakatchak.* Ce matin-là, le hasard voulut que le survol de la zone fût programmé une heure plus tôt. Le pilote de l'hélicoptère prit position au-dessus du cratère. Il joignit par radio le centre de commandement. Il fit un rapport sur ce qu'il avait découvert et demanda des instructions. Une voix grésilla dans le casque, tandis que son copilote regardait en dessous d'eux. J'en dénombre cinq… non six… avec celui-là, là-bas, qui sort de la forêt ! cria-t-il pour se faire entendre. Six, répéta le pilote dans le micro relié à son casque. Il semble qu'il y ait des blessés, peut-être même des enfants, reprit le copilote. Des blessés… peut-être des enfants, confirma le pilote dans le micro. Puis, il attendit les directives. Quelques dizaines de secondes qu'il mit à profit pour, à son tour, jeter un œil en contrebas. Des gens agitaient leurs bras. Ils criaient, mais le pilote ne pouvait pas les entendre. Ils avaient allumé un feu. L'un d'eux semblait lancer quelque chose en l'air. Un étrange spectacle. Le copilote vérifiait les cadrans de bord. Regarde ! s'écria le pilote à l'attention de son coéquipier. Du doigt, il pointa quelque chose sur leur droite. Sur la lèvre du cratère, une colonne plus sombre se déplaçait rapidement. C'est quoi ? demanda le pilote. Le copilote saisit une paire de jumelles sous son siège. Je crois… je crois que ce sont… ce sont des rats… bafouilla-t-il. Soudain, la voix dans le casque retentit. Plus forte. Pouvez-vous confirmer ? demanda le pilote. Encore la voix. Le pilote regarda une nouvelle fois en contrebas sous l'appareil avant de dire : Très bien… terminé. Le copilote le questionna des yeux. On rentre, ordonna le pilote. Il entama un virage à quatre-vingt-dix degrés.

L'hélicoptère disparut à l'horizon.

CET OUVRAGE A ÉTÉ ACHEVÉ D'IMPRIMER
AU LASER POUR LE COMPTE
DES ÉDITIONS THIERRY MAGNIER
PAR L'IMPRIMERIE FLOCH À MAYENNE
EN FÉVRIER 2010 (2e ÉDITION)
DÉPÔT LÉGAL : OCTOBRE 2009
N° D'IMPRESSION : 76033

Imprimé en France